COBALT-SERIES

少年舞妓・千代菊がゆく!

花見小路におこしやす♥

奈波はるか

集英社

少年舞妓・千代菊がゆく！
花見小路におこしやす♥

目次

宮坂宏章《みやさかひろあき》
京大の大学院生で26歳。美希也の家に同居している従兄。
岡村美希也《おかむらみきや》
聖ジョージ学院中学に通う13歳。母が置屋を経営している。
千代菊《ちよぎく》
置屋・吉乃家の売れっ子舞妓!? その実体は……。

少年舞妓・千代菊がゆく！　登場人物紹介

大隅顕太《おおすみけんた》
高級老舗旅館の三男坊で、美希也の親友。同い年でも成長が早い!?

楡崎慎一郎《にれざきしんいちろう》
関西実業界のプリンス。高校生の頃から花街に通う、遊びなれした男。

イラスト／ほり恵利織

少年舞妓・千代菊がゆく！
花見小路におこしやす♥

第一章　身代わり舞妓作戦

「よう、ミキ。その顔じゃ、また清涼《せいりょう》に負けたんだな」

親友の大隅顕太《おおすみけんた》が、ぼくの顔をのぞきこんだ。ニヤニヤしている。

聖ジョージ学院中等部の正門まえ。

東山《ひがしやま》の高台にある学校からは、京都《きょうと》市内が一望できた。景色がいい。

今日は珍《めずら》しく青空が広がっている。

七月初旬《しょじゅん》の京都は蒸《む》し暑いだけで、まだ梅雨《つゆ》は明けていない。

十七日の祇園《ぎおん》祭山鉾巡行《やまぼこじゅんこう》を控《ひか》えて、京都の町は、暑さも吹き飛ばすくらい活気づいていた。

町は景気がいいけど、ぼくたち聖ジョージ学院の囲碁《いご》部は、景気が悪かった。

顕太にからかわれても無理もないのだ。

今日、囲碁部は修学院《しゅうがくいん》にある清涼学園まで行って、清涼の囲碁部と対局した。

結果は、みごと完敗。

ほかの学校には勝てるのに、清涼には連戦連敗。

どーゆーわけか、清涼にだけは勝てないのだ。

「ここまで負けるっていうと、みごとというか、なんというか」

顕太は、弱い囲碁部をからかうのが、おもしろくてしょうがないのだ。ほんとは大笑いしたいのを我慢《がまん》していることくらい、同情と笑いを含んだ声でわかる。

「ほっといてくれよ。いいじゃないか」

「いいけどさ。見てらんないなー。囲碁部なんて、やめたら？　暗い、弱い、ストレスがたまるだけ。バスケ部へ来いよ」

となりを並んで歩いている顕太を、ぼくは横目でにらみつけた。

顕太は、中学入学当初からバスケ部に誘ってくれてるけど、ぼくが入部しても、どう考えても万年補欠は逃《のが》れられない。

「おまえ、オレがバスケに向いていると思う？　このタッパで」

ぼくは中等部一年になったとき、一四八センチだった。体重、三十六キロ。声変わりもまだまえ。学年でも小さいほうから数番目だ。

顕太はというと、小学校五年生くらいから、やたらと背ばっかり伸びて、今は一六八センチ。ぼくから見たら見上げるようにデカイ。

「万年補欠はヤなんだよ」

「万年負けっ放しってのも、似たようなもんだと思うけどさ」

たしかに、そうかもしれないけど、素直に認めるのもしゃくにさわる。

ぼくが憮然《ぶぜん》として口をとがらすと、顕太は明るい声でいった。

「ま、いっか。ミキっちが負けると、俺はうれしいかもしんないなー」

「なんで！」

思わず声がでかくなっている。

囲碁部が負けるとうれしいなんて、顕太の根性は腐《くさ》ってるのか？

「おまえは親友だろ？　親友の不幸を喜ぶのかよ」

「いいじゃん。オレはミキのこの髪が好きだもん」

顕太は、ぼくの髪の束《たば》をつかんだ。

ぼくは肩まである髪を、黒いゴムでひとつに束ねている。

「ミキ、清涼に勝っても、髪は切るなよ」

「切る。切るために清涼に勝つ」

冗談半分の顕太に対して、ぼくはきっぱりいった。

ぼくは岡村美希也《おかむらみきや》。中高一貫のキリスト教教育を誇る聖ジョージ学院中等部一年生。囲碁部に所属。

うちの囲碁部は、創部以来、清涼学園には一度も勝ったことがない。清涼はぼくたちの天敵《てんてき》なのだ。

何年まえか知らないけど、清涼に勝つまでは髪を切らないと宣言した部長がいた。それ以来、部員は髪が切れなくなってしまった。清涼に負け続けているから、囲碁部員は全員髪が長い。ひとつに結《ゆ》わえていて、昔のサムライみたいな頭をしている。ぼくも黒いゴムヒモでひとつに束ねている。

うちの学校では、髪が長いのは校則違反でもなんでもなかった。キリスト教の教えにのっとった愛の教育を看板にしている聖ジョージ学院は、規制が厳《きび》しくない。

囲碁部員以外にも髪の長いやつはいっぱいいる。長い髪にパーマをかけて、ルイ十四世みたいな頭のやつもいる。

「よーし、それじゃ、オレが、落胆《らくたん》しているミキちゃんを元気づけてやろう」

顕太は坂のまん中で立ちどまった。

デイパックのポケットをあけて、ごそごそかき回していたと思ったら、手帳を取りだした。手帳のあいだから写真を二枚だして、ぼくの眼のまえにかざしてみせる。

舞妓《まいこ》さんを写した写真だった。

「ジャーン。どうだ。ばっちり撮影成功。今、祇園で一番売れっ子の珠菊《たまぎく》ちゃんだぞー」

水戸黄門《みとこうもん》の印籠《いんろう》みたく、うれしそうに写真を見せびらかしている顕太の顔を、ぼくはあきれて見た。

「そんなもん見せられて、オレが喜ぶと思ってる？」

「珠菊ちゃんだぞ。珠菊ちゃん」

「珠菊ちゃんなら、毎日、見てるよ」

「ミキんちの舞妓ちゃんだった？」

ぼくがうなずくと、顕太は大げさに眼《め》を丸くした。

「うっそおおお。マジー？　なんだよ、もっと早く教えてくれよ。苦労して撮影したのにさー」

顕太は口をとがらせて、ぶつぶついいながら写真を手帳にはさんだ。大事そうにデイパックにしまっている。

「おまえ、舞妓ちゃんの写真とるの、趣味だった？」

「ちがう。ビジネス」

ビジネスというのがどういう意味なのか、よくわからん。

「金もうけになるのか？」

「なる。デジカメで写して、写真部にネガ・ファイルを売るんだよ」

「いくらで売れる？」

「相場は一枚五十円。売れっ子の舞妓ちゃんだと、百円」

かわいい商売やってるんだなー、と思ったけど、黙っていた。へたに口をはさんで、おまえも協力しろってなったら、めんどくさいから。

ぼくの家は祇園の置屋《おきや》、吉乃《よしの》家。置屋の女将《おかみ》は、ぼくの母、岡村花枝《はなえ》。だから、ぼくは着飾った舞妓さんや芸妓《げいこ》さんを毎日見ている。置屋のことは、屋形《やかた》とも呼ぶ。

顕太の家は、三条《さんじょう》の老舗《しにせ》旅館「大隅《おおすみ》」。江戸時代から続く一泊ん万円という超高級旅館だ。

三男の顕太は、家の仕事は継《つ》がないと宣言して、今のところ必殺遊び人をやってる。

顕太は見栄《みば》えもするし、性格もさっぱりしているから、女にモテた。小学校時代に、すでにガールフレンドがいたもんな。今は女よりバスケット・ボールに熱中している。

東山の斜面をだらだら下りながら、東大路《ひがしおおじ》通りへでていた。

顕太は、さっきから黙っている。おしゃべり顕太が黙っていると気色《きしょく》悪い。

八坂《やさか》神社の石段下で、ぼくは顕太の顔をのぞきこんだ。

親友の心づかいには感謝してる。ぼくを慰《なぐさ》めようとしてくれたことはうれしいと、意思表示しておくべきだと思ったからだ。

「さっきはありがとう。舞妓ちゃんの写真を見せてくれて」

「珠菊ちゃんがミキんちの舞妓ちゃんだったとはね。バッカなオレー」

「顕太になんかおごるよ。励《はげ》ましてくれたお礼に」

「ミキがオレに？　ジョーダンだろ。その反対だ。オレがミキにおごる。バスケ部は勝ったんだぞ。囲碁部は負けたんだ」

顕太がぼくの腕をつかんだ。力ずくだと、身体《からだ》の小さなぼくは顕太にかなわない。

腕を引っ張られて、信号を渡って四条通《しじょう》りを西に向かって歩きだした。

七月最初の土曜日。午後の四条は、いつもの土曜日より買い物客と観光客でにぎわっている。

今月は祇園祭の月なのだ。

京都には三つの大きな祭りがある。五月の葵《あおい》祭、七月の祇園祭、十月の時代祭。三大祭りのひとつ、祇園祭は一日かぎりの祭りではない。七月一日から三十一日までの一カ月間、四条通り界隈《かいわい》を中心に、さまざまな行事が行われる。八坂神社の祭典で、昔、京都にはやった疫病《えきびょう》を鎮《しず》めるために行われるようになったものだ。

一カ月におよぶ長い祭りのハイライトは、十七日の山鉾巡行《やまぼこじゅんこう》で、三十二基《き》の山と鉾《ほこ》が、都《みやこ》大路《おおじ》を巡行する。山と鉾は、動く美術館ともいわれるほどで、豪華な織物で飾り立てられている。

室町《むろまち》通りや新町《しんまち》通りの山鉾町の人たちが、山鉾を動かしている。最近は、人手がたりなくなっているから、ボランティアで参加する人たちもでてきている。

蒸し暑い七月、お囃子《はやし》の音が聞こえてくるだけで、ぼくはうきうきして、元気がでてくる。

四条通りの人混《ご》みの中に、着物姿の女の子の後ろ姿が眼に入った。髷《まげ》を結っている。かんざしはつけていない。

今、顕太と話していた珠菊ちゃんだった。着物は普段着の着物だ。

顕太も珠菊ちゃんに気がついた。

となりに若い男が寄り添うように歩いていて、ふたりは四条通りに面した喫茶店へ入った。

「ミキ、ここへ入ろう」

顕太は、珠菊ちゃんが入った喫茶店へ、強引にぼくを引っ張りこんだ。

珠菊ちゃんが座った窓際の席から少し離れた席に、顕太は陣取《じんど》った。

うまいぐあいに、珠菊ちゃんの顔が見える位置だ。男は背中が見えるだけだ。

ぼくは、顕太にホットケーキをおごってもらうことにした。

顕太が声をひそめていう。

「珠菊ちゃんって、今いくつ？」

「もうじき二十歳《はたち》だと思うけど」

「いっしょにいる男はだれなんだ？」

「さあ。知らない」

珠菊ちゃんのボーイフレンドかな？

舞妓は、プライベートな時間にボーイフレンドとつきあってもかまわなかった。

「白塗りしてないところ、初めて見た。すっぴんでも、きれいな人だなー」

顕太がうっとりした眼で、珠菊ちゃんを見ながらいった。

「すっぴんのがきれいだよ」

ぼくも小声でつけたした。

珠菊ちゃんは、愛くるしい顔をしていて、年齢よりもずっと若く見える。気だても顔に比例してやさしいから、お客さんにはかわいがられていた。いま祇園で一番の売れっこの舞妓ちゃんの一人だ。

顕太は、もっと珠菊ちゃんを見ていたかったらしいけど、店内は混雑していて、席があくのを待っている客が大勢いた。長居はできない。

店から通りへでると、四条通りを歩きながら顕太がはずんだ声でいった。

「今日はラッキーだったなー。すっぴんの珠菊ちゃんを見られちゃうなんてさ。ミキって、珠菊ちゃんのお座敷にでたことある？」

「客として？」

「もちろん」

「ないよ。あるワケねーじゃん」

「今度さ、オレ、〈お座敷あそび〉を初体験する。兄貴にくっついてさ」

「中学生がお座敷ねー。生意気《なまいき》ー」

「見学だよ。社会見学。どう、ミキ、おまえも遊びにこない？」

「なんでオレがお座敷へ行くんだよ」

「なんだよ。せっかく誘ってるのにさ。興味ないのか？」

「ないよ」

冷たいやつ、とでもいうように、顕太は肩をすくめてみせた。

「舞妓ちゃんも芸妓《げいこ》さんも、毎日見てるから、ぜんぜん、どうってことない」

「まったく羨《うらや》ましいやつだなー」

顕太は、あきれたというように、ぼくのおでこを人差し指でクイと押した。

あきれたのはこっちだよ。中学生でお座敷遊びとは、ぜいたくもいいとこだ。まあ、顕太は老舗旅館のボンボンだけどさ。

顕太の上の兄貴、大隅翔太《しょうた》は吉乃家をご贔屓《ひいき》にしてくれているなじみ客の一人だった。

毎晩、金持ちの男たちが祇園へ遊びにくる。

お座敷で芸妓さんが弾く三味線《しゃみせん》の音を聞いて育ったぼくには、お座敷は生活の一部だった。

祇園は、ぼくには日常生活をするところだけど、殿方には夢の世界に遊ぶところらしい。

顕太と別れて、四条通りから南に折れて花見小路《はなみこうじ》へ入った。

四条通りから少し南に入ったところに、ぼくの家、祇園の置屋・吉乃家がある。

木造二階建ての築何年かわからないような古びた家だ。表の二階にはお座敷があって、そこでお客さまをもてなすこともできた。

吉乃家には舞妓ちゃんがふたり、芸妓さんがふたりいる。おかあちゃんといっしょに寝起きしているのは舞妓ちゃんだけで、芸妓さんたちは、それぞれ自分のマンションがあって、吉乃家へ「出勤」してくる。

吉乃家は女将であるおかあちゃんが一人で切り盛りしてるけど、おかあちゃんはもともと祇園の人間じゃなかった。大学で父と知りあって、浜松《はままつ》から祇園へ嫁いできた。花街《かがい》とは縁《えん》のなかったおかあちゃんだけど、父の母、つまりぼくのおばあちゃんがやっていた置屋の女将を継ぐことになったのだ。

そういうわけで、おかあちゃんは置屋の女将をやってるわりに花街ことばがへただし、今でも、京ことばと標準語とが混じった奇妙《きみょう》なことばを使う。ぼくも京都弁がしゃべれないわけじゃないけど、普段は標準語を話す。

舞妓も芸妓も経験のない女将が、吉乃家をここまで続けることができたのは、おかあちゃんの人柄によるところが大きい、とぼくは思う。おかあちゃんはまっすぐな性格で裏表《うらおもて》がないし、客からの信頼は厚かった。父は、ぼくが赤ん坊のときに亡くなっている。

「ミキ、珠菊ちゃん来てへんか？」

おかあちゃんが、朝、部屋に入ってきた。

ぼくは母屋《おもや》とは別棟《べつむね》になっている離れに、従兄《いとこ》の宮坂宏章《みやさかひろあき》と住んでいる。食事のときは母屋へ行くけど、風呂、洗濯、テレビ、勉強は、離れでやる。

朝、学校へ行くときは、目覚まし時計で起きるか、宏章に起こしてもらうかのどちらかだから、おかあちゃんに起こされるということはまずない。

学校は学期末試験が終わって、先生が採点するために、生徒は家庭学習に入っていた。つまり、学校は休み。

おかあちゃんは、ぼくの部屋に入ってくると、勢いよく雨戸をあけた。

二階の窓から、青い空が見えた。梅雨明けしたのだろうか。いい天気だ。暑くなりそうだぞ。

母屋の二階で、だれかが三味線を稽古《けいこ》している。あの弾き方は、ふたりいる舞妓ちゃんのひとり、菊弥《きくや》ちゃんだな。

おかあちゃんは、押入《おしいれ》の戸をあけて中へ首をつっこんでいる。なにか捜しているみたいだ。

「なに捜してるの？」

「珠菊ちゃんえ。ここへは来てへんみたいやねー」

「ここは男所帯《じょたい》だから、舞妓ちゃんたちは、遠慮《えんりょ》して来ないよ」

「そやなー」

おかあちゃんは浮かない顔で、部屋からでていった。

今日は七月十六日。明日、十七日に、祇園さんの山鉾巡行がある。

今夜は宵山《よいやま》。四条界隈《かいわい》は歩行者天国になって、夜になると人出も最高潮。

山鉾巡行の前日と前々日の夜、組み立てられた山鉾に灯《ひ》の入った提灯《ちょうちん》がつり下げられて、通りに並ぶ。これを浴衣《ゆかた》を着た人たちが見物して歩くのが宵山と宵々山《よいよいやま》で、四条界隈が一年のうちで一番活気づく日だといっていい。露店が並んで、車道も歩道もまともに歩けないくらい混雑する。

机の上の置き時計を見ると、もうじき十時。

起きだして、パジャマのまま、となりの宏章の部屋に首をつっこんだ。

布団《ふとん》は片づけてあって、宏章の姿は見えなかった。

宮坂宏章は、ぼくの部屋の隣人で、現在、京大の大学院生。二十六歳。ギリシャ哲学を研究している。予備校生のときから、うちに下宿していて、家族のようなもんだ。夜は祇園縄手《なわて》通りのパブ、シャレードでバーテンのバイトをしている。

宏ちゃんはインテリで、ハンサムで、人柄が穏やかだから、芸妓・舞妓ちゃんたちに人気がある。宏ちゃんが花見通りを歩けば、舞妓ちゃんや芸妓さんが、先を争って声をかけてくるもんね。店にも、舞妓ちゃんたちが遊びに来ているのをよく見かけるし。

ぼくは小学生のころから、別棟の離れに宏章とふたりで住んでいるから、宏章は従兄というより兄貴も同然だった。

Tシャツと短パンに着替えて母屋へ行くと、茶の間で、おかあちゃんと宏章が電話をかけていた。宏章は、携帯を使っている。

宏章のまえには、分厚い電話帳が置いてあって、おかあちゃんのまえには、住所録のノートが広げて置いてあった。

「そうどすか。ほんなら、見かけたら、うちへ電話入れるようにいうとくれやす。よろしゅうお願いします」

「珠菊ちゃん、そっちへ行ってないかな？　昨夜はいっしょにもどってきた？　いつからいなくなったんだ？　わからない？」

ふたりの電話の内容から判断して、珠菊ちゃんを捜しているのだな。

電話が終わったおかあちゃんは、ぼくが来たことにも気がつかないらしく、なにかしきりに考えている顔をしている。

「珠菊ちゃん、どうしたの？」

「ああ、ミキちゃん。来てたんか。はよ朝ご飯食べ。珠菊ちゃんなあ、どこへ行ったのか、わからへんのよ。昨夜のお座敷からもどってきたのは見てるんやけど、明るくなるまえに、どこぞへでていったらしいんよ。けさ、裏木戸の鍵《かぎ》があいてたのや」

舞妓ちゃんたちは、外出するときは、屋形のおかあさんに断ってでるのが普通だし、暗いうちにこっそりでていくのは普通じゃない。

「どこへ行ったんやろう。あの子が行きそうなところはぜんぶ、電話してみたんえ。友だちのところにも、どこにもいいひんねんや」

「祇園祭だし、お祭り気分で町へでているんだよ。お座敷の時間には間に合うようにもどってくるんじゃないのかなー」

「それがもどってきいひんから、困ってるんや。珠菊ちゃんは、今日は、昼のテレビにでる予定になっとった。いないから、菊弥ちゃんに代わりにいってもらうことにしたんやで」

「へええ、それって、ヘンじゃん」

珠菊ちゃんは真面目《まじめ》な性格だ。仕事を忘れて遊び歩くような舞妓じゃない。

「変どころか、異常事態や」

舞妓は、屋形のおかあさんから厳《きび》しくしつけられている。無断でお座敷を休むということは、ありえないことだ。

携帯電話の電源を切った宏章が、電話を座卓の上に置いた。宏章がいつももってる二つ折りの銀色の携帯だった。

宏章は大きなため息をついて、腕を組んでなにか考えている。

「宏章、あんた、どう思う？　珠菊ちゃんのスニーカーと、旅行バッグと、いつももってる白いメッシュのポシェットがなくなってる。私にはなんにもいわんと、夜闇に乗じてでていったんやで」

「となると、答えはひとつ。祇園から逃げたんじゃないのかな」

宏章の意見に、おかあちゃんは反論しなかった。

おかあちゃんも、珠菊ちゃんが逃げたと思っているのだ。眉《まゆ》をよせて、厳しい表情で、座卓の上に置いてある宏章の携帯電話を見ていた。

最近は、祇園生まれ、祇園育ちの舞妓は少ない。みんな、よそからやってきて、置屋で修業して、舞妓になる。舞妓の修業は厳しいから、途中で断念する者も多い。やめるときに、しかるべき筋《すじ》を通してきちんとやめる子もいれば、夜逃げ同然、修業途中で突然、姿をくらます子もいる。

「けど、なんで？　珠菊ちゃんは売れっ子やで。お客さまにはかわいがられていたし、プレゼントかて、ぎょうさんもらってたやないの。逃げるほど不満があったのやろか？」

「不満はなくても、外の世界に、なにか興味をもったとかさ」

いつだったか、顕太と入った喫茶店で、珠菊ちゃんが若い男といっしょにいたのを思いだした。ボーイ・フレンドとデートしてる、という様子だった。

「駆《か》け落ちしたってことはない？　珠菊ちゃんが、男の人といっしょにいるのを見たことあるよ」

四条の喫茶店で、男とお茶を飲んでいた珠菊ちゃんのことを話した。

おかあちゃんは、ぼくの話を聞いてうなずいた。

「ありうることやね。珠菊ちゃん、人気があったし、あちこち引っ張りだこやった。男の人と知りあうチャンスはいくらでもあったやろな。けど、こっちにしてみたら、えらいこっちゃ。突然姿を消されたら、吉乃家が困るやないの。どうしたらええのよ」

おかあちゃんは、弱音《よわね》らしい弱音はあまり口にださないタイプだ。

そのおかあちゃんが、困っている。当然だろう。祇園祭の忙しいときに、舞妓が一人、突然消えた。お座敷に穴があく。吉乃家の信用問題にかかわる一大事だ。

「昼のテレビは菊弥ちゃんがあいてたさかい、代わりを頼むことがでけたけど、お座敷は、代理なんてだれにも頼めへん。今晩は宵山やで。どこの屋形の舞妓ちゃんかて、スケジュールいっぱいで動いてる。まったく、珠菊ちゃんも、この忙しいときに……」

ぼくが知ってるかぎりで、吉乃家の舞妓が突然いなくなった、ということは一度もない。

おかあちゃんは立ちあがって、茶の間の中を行ったり来たりしはじめた。じっと座っていられないのだ。

「珠菊ちゃんが逃げたのかどうかわからんけど、とりあえず、はっきりするまで明日からのお座敷はキャンセルするわ。問題は今夜どうするかやなー。今からキャンセルはでけへん。楽しみにしたはるお客さまをがっかりさせることは、なんとしても避《さ》けんと。お茶屋さんかて、お料理やら、お部屋の手配やら、もうすませたはる。ドタキャンしたら、表歩けへんわ。あーあ、どないしょう」

ここのところ、祇園は祭りでにぎわってる。お座敷も盛況で、舞妓ちゃんたちは分単位で動いている。祇園の舞妓が忙しいなら、ほかの花街《かがい》の舞妓ちゃんに頼むことはできないのだろうか？　京都には、五つの花街がある。祇園甲部《こうぶ》、祇園東《ひがし》、宮川町《みやがわちょう》、先斗町《ぽんとちょう》、上七軒《かみしちけん》、それぞれに舞妓さんと芸妓さんがいる。

「ほかの花街の舞妓ちゃんに頼むのは？　あいてる奴《こ》がいるかもしれないよ」

「いるわけないやないの。今夜は祇園祭の宵山やで。祇園の舞妓ちゃんだけやないえ。忙しいのは」

「仕込みさんとかは？　一晩だけ無理に頼むとか」

仕込みさんというのは、まだ正式にはお座敷にデビューしていない修行中の少女のことだ。舞妓は、おおよそ一年間ないし半年間の見習い期間をへて、正式デビューする。

おかあちゃんは、しばらく考えていたけど、残念そうにいった。

「仕込みさんは祇園に、今、四人いるけど、お座敷へでられそうなんは、藤埜家《ふじのや》の美弥《みや》ちゃんしかいいひん。玉枝《たまえ》ちゃんは、先月、店だししはったしなぁ」

仕込みさんが舞妓の格好をして、お座敷にでて実習するのは、店だしまえの一カ月ほど。

「店だし」というのは、舞妓として正式デビューするお披露目《ひろめ》のことで、店だしして初めて、一人前の舞妓として営業を始めることができる。

店だしのときは、舞妓ちゃんは、お茶屋さんや料亭をあいさつしてまわる。そのとき、初めて、後ろに長くたらしただらりの帯をしめることができる。修行中の舞妓は、だらりの帯はしめられない。見習いさんは、まだ半人前ということで、だらりの帯の半分の長さにしめることになっている。半分の長さだから、「半だら」とか「半だらり」と呼ばれる。

おかあちゃんは、藤埜家へ電話をかけて、美弥ちゃんの今日の予定を打診《だしん》した。

結果はペケ。仕込みさんも、今日はフルにお座敷が入っているという。

それなら、今から、速攻で仕込みさんを作るしかない。

テレビ横の棚《たな》に置いてある置き時計に眼をやった。

朝の十一時少しまえ。お座敷まで六時間ほどある。

舞妓ちゃんのことばを覚えて、舞いをひとつ覚えて、歩き方を覚える。

まったく外部の人間には無理でも、舞妓ちゃんに毎日接している人間なら、ちょっと練習すれば、ある程度まねできる。

そうだよ。ぼくなら、練習なしでできる。

舞妓ちゃんなら生まれたときから見ているし、仕草《しぐさ》やことば、仕事の内容、ぜんぶ承知《しょうち》している。吉乃家のために、おかあちゃんが今までどれだけ頑張ってきたかも知っている。

「あかん、打つ手はないわー。覚悟を決めて、お茶屋のおかあさんにあやまって歩くしかないなー」

「ぼくが仕込みさんになって、珠菊ちゃんの代わりにお座敷へでるよ」

「へ？」

おかあちゃんは、一瞬、眼をパチパチと数回しばたたいた。

「なにいうとるねん。あんたは男やないの」

「舞妓は女じゃないとダメって規則はあるの？」

おかあちゃんは、天井をにらんでから、ぼくに視線を移した。

「そんなけったいな規則は聞いたことないけど」

「だったら、いいじゃん。一晩だけだし、見習いってことで、おとなしくしてるから。髪だって、髷《まげ》が結える長さだし」

「舞妓の格好をするの、平気なの？　抵抗あるやろ」

「べつに、ないよ。女に生まれてたら、ぼくも舞妓になるんだろうなって、小さいころから思ってたから、平気だよ」

「男やってバレたらどうすんねんや」

「バレないよ。顔は白塗《ぬ》りするし。まえに学校で変身舞妓を体験したやつがいたんだよ。写真を見せてもらったけど、男には見えなかった」

「変身舞妓とはワケがちがうやろ。あんた、お座敷で舞えるか？」

「たぶんね。舞えると思う。『祇園小唄《こうた》』は正式にお稽古《けいこ》したし。舞妓ことばもできるよ」

「あんたならできるかもせえへんけど、あかん。学芸会とはちゃうんやで。なに考えてるんよ」

「お座敷に穴あけて吉乃家ののれんに傷がつかないようにするのが一番だよ。とにかく、支度《したく》してみるから、ぼくがやれそうかどうか、見てよ。振り袖《そで》の着付けは、宏ちゃん、手伝ってよね。まず、髷を結ってくる」

吉乃家の舞妓ちゃんたちが行きつけの髪結いは、祇園新地《しんち》にある匡《まさし》さんのところだ。舞妓の髪が結える美容師さんは、最近では祇園の中にも数えるほどしかいない。

ぼくが行きかけると、背中からおかあちゃんの声が追いかけてきた。

「ミキちゃん、お待ちなさいよ。匡さんになんていうつもりなのよ。珠菊ちゃんが逃げたから、代理で舞妓になりますっていうの？」

「いわないよ。学校の体験学習の課題で、ぼくは舞妓ちゃんの生活を体験してみることにしたって説明する」

おかあちゃんと宏章が、複雑な表情でぼくを見ていた。

やめろというのではない。やってみろ、というのでもない。ふたりとも、まだ答えがでていないのだ。

ぼくには、舞妓のふりをしてお座敷にでても、男だと見破られない自信はあった。毎日、舞妓ちゃんたちを見てるし、話をしてるし、だてに置屋の息子をやってるわけじゃないのだ。

「今から舞妓ちゃんの格好をしてみる。おかあちゃんが見て男に見えなかったら、珠菊ちゃんの代わり、やるよ」

おかあちゃんが、なにかいいかけたけど、ぼくは匡さんの美容室へ電話をかけた。順番の予約をしておいたほうがいいから。

匡さんは、学校の体験学習という説明を、疑うこともなかった。ぼくが舞妓になるというので、電話の向こうで大笑いしている。

「みんなに見られたくないから、お店にだれもいないとき、やってもらえないかなー」

「それじゃ、十二時に来たらいいよ。昼休みでお客さんはいないから」

「ありがとう！　十二時ジャストにお店に入るように行きますから、お願いします」

台所にかけこんで、腹ごしらえにお茶《ちゃ》漬《づ》けと、朝ご飯のおかずの残り、みそ汁とマグロの照り焼きを食べた。口紅《くちべに》を塗るまえに昼飯を食べておいたほうがいいと思ったのだ。

宏章が台所に顔をだした。

「おまえ、本気なのか？」

「舞妓ちゃんのふりなら、できると思うよ。小さいときから毎日見てるし。振り袖着るときは、宏ちゃんも手伝ってよね。着付けは男手を借りないとできないし」

「いいけどさ。マジで舞妓になるのかよー」

宏章はあきれていることを、隠そうともしない。

「お座敷に穴をあけるわけにはいかないよ」

離れへもどって、シャワーを大急ぎで浴びた。

衣装ダンスの引き出しから、髷を結うときに着る浴衣を引っ張りだすと、宏章がいった。

「おまえ、それ男モノだぞ。舞妓になるんだろ？　女モノでなくちゃ、おかしいぞ」

「あ、そっかー。この浴衣を着るわけにはいかないのかー」

うっかりしてたよ。

「浴衣は俺が用意してもってくよ。下駄《げた》もそろえて。匡んとこだろ？　おまえは先に行ってろ」

「ありがと、頼むよ」

吉乃家の裏口からでて、花見小路へ入った。

なにくわぬ顔で、すまして歩いていく。今はTシャツに短パン姿。もどってくるときは、髷を結ってるのだと思うと、なんだかワクワクする。でも、いたずら心で舞妓に扮《ふん》するわけじゃない。吉乃家が、お座敷に穴をあけたといわれないようにするためだ。

四条通りへでると、やっぱりいつもより、三倍くらい混雑していた。宵山でにぎわいを見せるのは夜だけど、明るいうちから人はでている。

人混みを突っ切って、花見小路を北に歩いていった。

匡さんの美容室は祇園新地にある。歩いても吉乃家から十分もかからない。

美容室には、客はだれもいなかった。昼休みだといってた。

鏡のまえに座ると、ひとつに束ねてあるぼくの髪を、匡さんがほどいた。

「ミキちゃん、いい髪だね。髷を結うのにちょうどいい長さだよ。この髪も、体験学習のために伸ばしたの？」

肩まである髪を、匡さんがツゲの櫛《くし》ですきながらいう。

「ちがいます。もともと、この長さなんです。囲碁《いご》部のヘンな伝統で、髪を切れないんですよ」

ぼくの学校の囲碁部と、清涼の囲碁部の因縁《いんねん》対決の話を、匡さんに話した。

「負けっぱなしだから、勝つまでこの長さです」

「へえー。勝つまで切れないのか。おもしろい囲碁部だね。みんなでチャンバラの芝居《しばい》ができそうだねー」

そのとおり。校内演劇コンクールで、囲碁部は新撰組《しんせんぐみ》をやった。

匡さんは、ぼくと話をしながらも、手は動かし続けている。

吉乃家に舞妓ちゃんはいるけど、髪を結うところを見たことはなかったから、鏡に映る匡さんの作業を見るのはおもしろかった。

鬢《びん》つけ油を塗って髷の形を作っていく。鬢つけ油は相撲《すもう》とりが髪を結うときにも使う。

舞妓の髪は地毛で結うけど、髷のぜんぶを地毛で結うわけじゃなかった。

「へえー、途中から長い毛をつけたすんだ」

「つけ毛にしたほうが、仕事がしやすいからね。ぜんぶを地毛で結う人は、最近はいないねー」

鏡の中のぼくは、前髪はぜんぶあげられて、おでこがでている。

「祇園さんのときは、みんな勝山《かつやま》を結うけど、ミキちゃんは割《わ》れしのぶにしておくよ。勝山は、ミキちゃんみたいに若い舞妓ちゃんには似合わないからね。うちへ帰ったら、祇園祭の花かんざしをさすんだよ。おねえさんたちの髪型とはちがうけど、かんざしは同じだからね」

「わかった」

舞妓は行事によって髪型を変える。割れしのぶというのは、年若い舞妓が結う髪型で、赤い鹿子《かのこ》が髷のあいだからのぞいていて、かわいらしいのだ。

少しおねえさんになると、割れしのぶから、おふくという髪型に変わる。割れしのぶより粋《いき》な感じで、赤い鹿子の代わりに、ピンクの飾りに変わる。赤がピンクに変わるだけで、落ちついた感じになる。

勝山は、祇園祭のあいだだけ結う髷の形だった。

舞妓が髷につける花かんざしは、毎月変わる。季節を髪飾りにも取りこむという心づかいがあるのだ。月ごとにどの花かんざしをつけるかということも決まっている。

宏章が店に入ってきた。大きな風呂敷包みをかかえている。

宏章が風呂敷《ふろしき》包みをほどくと、浴衣、振り袖、帯、下着、襟《えり》などと、草履《ぞうり》、箱に入ったかんざし一式がでてきた。

すごい。宏ちゃんは、一式ぜーんぶもってきたのだ。

「着物は家で着るんじゃなかったの？」

「ここでやっちゃったほうが確実かと思ってね。俺が着付けたら、どんな舞妓ちゃんに仕上がるか、自信ないからさ。匡にも手伝ってもらおうかなって思って、もってきた」

宏章と匡さんは友だちだった。匡さんは、宏章のシャレードにもよく来ている。

「この忙しいときに、頼んでもいいかな？　ミキが体験学習で舞妓になるっていうんで、俺が着付けを頼まれてるんだけど」

「いいよ。化粧《けしょう》もやってあげようか？」

「わっ、お願いしますー」

匡さんの願ってもない申し出に、飛びついた。

舞妓ちゃんが化粧しているところを何回か見たことはあるけど、やったことは一度もない。

匡さんにやってもらえば、確実だ。

「さあ、割れしのぶが結いあがったよ」

匡さんが、髷のまん中を「かのこどめ」といわれるピンで髪に固定した。これでできあがり。

宏章がもってきたかのこどめは、淡《あわ》いコーラル・ピンクの珊瑚《さんご》の珠《たま》だった。

「あとは化粧して、かんざしをつけて、振り袖を着る。それじゃ、化粧するよ。浴衣に着替えたほうがいいね」

浴衣に着替えて鏡のまえに座ると、匡さんは、鬢《びん》つけ油を溶《と》かして顔にぬった。油を塗ったほうが、化粧ののりがいいからだそうだ。

おしろいを水で溶いて、刷毛《はけ》で顔と首と背中や肩まで塗っていく。ひんやりと冷たい。それにくすぐったい。でも、気持ちがいい。

襟足《えりあし》のしまつがむつかしそうだった。二本足の襟足の塗り残しを作るのだ。舞妓ちゃんたちは、自分で襟足のしまつもやっている。

次は、目尻《めじり》と眉に紅《べに》をさして、黛《まゆずみ》を塗る。

今度は頬紅《ほおべに》。刷毛で頬だけでなく顎《あご》にも塗る。

最後に唇《くちびる》に紅をいれる。

「あの、仕込みさんに扮するつもりなので、下唇だけに塗ってください」

「了解」

匡さんは、紅筆《べにふで》で、ぼくの下唇だけに紅をさした。

舞妓は最初の一年間は、上唇に紅をさすことはできない。一年たつと、上と下の唇にぬることを許された。一年間はまだ半人前の舞妓だから、紅も半分ということだ。

化粧が終わると、髷に花かんざしをさす。

七月は祇園祭の花かんざし。団扇《うちわ》の飾りがついた涼《すず》しそうなかんざしだ。銀色の飾り細工が豪華で、夏らしく、涼しそうな色をしている。

匡さんは、右前にはプラチナのビラをさした。ビラには吉乃家の家紋《かもん》、桔梗《ききょう》が透《す》かし彫《ぼ》りになっている。

ビラの奥には、祇園の舞妓だけがつける緑の珠を輪《わ》に連《つら》ねたかんざしをさした。

左前とまん中に祇園祭の団扇のかんざしをさす。これで終わり。

頭と顔ができあがった。

鏡の中の顔を見ても、自分だという気がしない。真っ白く塗っているから、お面《めん》でもかぶっているようで、ヘンな気持ちだよ。見かけが変わると、人間は中身も変わるのだろうか？

気持ちが、美希也でいるときのぼくとはちがう。吉乃家の舞妓ちゃんだ。

「どうどす。宏ちゃん。うち、舞妓ちゃんに見えるやろか？」

口から自然に、舞妓ちゃんのことばがでてきた。発声のしかたもちがう。自分でもしゃべり方を特に意識してるわけじゃないのに、声がいつもよりふわふわしているような気がする。

スイッチを切りかえるまえに、自然に舞妓モードに入っていた。あまりに自然だったので、自分で驚いた。

宏章は、口をぽかんとあけて、丸い眼でぼくを見ている。

「どないしはったん？　宏ちゃん？」

「お、おまえ、ミキだよな」

「そうえ」

宏章、相当驚いていているみたいだ。口ごもったりしてる。

「信じられないなー。まったく」

宏章が、口の中でぶつぶついっている。

「名前は？　舞妓ちゃんの源氏名《げんじな》は考えた？」

そうだよな、名前だ。

匡さんのことばで、まだ名前を考えてないことを思いだした。

美希也だと正体がバレないような名前にしなくちゃ。

「宏ちゃん、考えてーな。吉乃家は菊筋《すじ》の舞妓ちゃんやし、菊の字を入れて」

吉乃家の芸妓・舞妓ちゃんたちは、みんな名前に菊の文字をもっている。珠菊、菊弥、菊《きく》丸《まる》、菊市《きくいち》といったようにね。

美容室の和室に移動して、まず、足袋《たび》をはいた。

着物の下着を着て、匡さんのまえに立った。

匡さんは、下着の上に幅広《はばひろ》の襟をつけて、振り袖を着せてくれる。

舞妓の振り袖は、みんなが成人式に着る振り袖とはちょっとちがう。袖と肩をつまんで、縫《ぬ》い揚《あ》げがしてある。七五三で着る子供の振り袖には、この肩揚げがしてある。つまり、舞妓ちゃんは、芸妓さんとちがって、子供なんだよって、着物でもアピールしてるんだよね。

今は、舞妓ちゃんは高校生くらいの女の子たちがなってる。二十歳《はたち》すぎても舞妓をやってる人もいる。昔は、舞妓は十代の初めの少女たちだった。そのときの名残《なごり》が、着物に残っている。

宏章がもってきてくれたのは、淡いサーモンピンクの地にいろんな小菊が描かれている菊花《きっか》づくしとでもいうような、かわいい振り袖だった。夏の薄い絽《ろ》の振り袖は、下着が透けてみえるくらい薄い。

着物の上から赤い幅広のさんじゃくをくるくる巻きつけられる。

その上に帯をしめる。緑地に金糸《きんし》と銀糸《ぎんし》で流水の模様が織りこまれている丸帯。

「帯の長さはどうする？　見習いさんにする？　それとも普通のだらり？」

帯を手にした匡さんが、ぼくにたずねた。

「見習いさんの長さで、お願いします」

「じゃ、半だらにしておくよ」

匡さんは手際《てぎわ》よく帯を巻いて、帯枕《おびまくら》を使ってお太鼓《たいこ》を背中の高い位置に結んだ。

最後に帯揚げを巻いてもらって、「ぼっちり」という宝石の帯留めがついた帯じめをしめて完成。

振り袖に丸帯をしめられて、さぞかし苦しいだろうと予想していたのに、それほどじゃなかった。ちょっときゅうくつだけど、背筋が伸びて気持ちがしゃきんとする。

全身が映る姿見《すがたみ》のまえに立つと、鏡の中で、宏章が後ろから、鏡の中のぼくを見ていた。

「これがミキだなんて、だれも思わないよ」

宏章がぼくだと思わないように、ぼく自身も、鏡の中の舞妓を見て、別な人間が映っているとしか思えなかった。

「舞妓ちゃんに見えますやろか？」

「もちろん」

宏章がぼくの顔を見ながら、大きくうなずいた。

男でも女でも、白塗りしたら、こうなるってことだよね。顔を真っ白く塗りつぶしてるから、ピエロの顔と同じだよ。

舞妓が、顔を真っ白く塗りつぶす理由が、自分が実際にやってみて、わかったような気がする。白く塗った顔は、いつもの自分じゃない。別な自分だ。人格も変わる。

舞妓は白塗りした瞬間に、普通の少女から、殿方を夢の世界に案内する舞妓という人形に変身するのだ。白塗りは、魔法の杖《つえ》の一種じゃないのかな。

ぼくの口から自然に舞妓ことばがでたように、ぼくは、もう岡村美希也じゃなかった。吉乃家の仕込みさんだ。

「ミキちゃん、舞妓姿が似合うねー」

匡さんが眼《め》を細めている。匡さんのおかげだよ。ぼく一人じゃ、舞妓の格好はできない。

「名前を考えたよ。菊の字をもらって千代菊《ちよぎく》ってのはどうかな？」

宏章が考えてくれた名前、千代菊。上品でいい名前だ。

よっしゃー。今からぼくは、千代菊になる。

匡さんと宏章のまえで正座した。畳《たたみ》の上に広がっている着物の裾《すそ》の形を整えて、畳にかんざしの先がつくくらい頭をさげておじぎをした。

「吉乃家の千代菊どす。どうぞよろしゅうおたのもうします」

「すごいね。どこから見ても舞妓ちゃんだよ。もし、ミキちゃんが舞妓デビューしたら、祇園一の花代《はなだい》をかせぐ舞妓ちゃんになること、請《う》け合うよ」

「おおきに」

匡さんが冗談でいってるのはわかってるけど、ちょっと頭を傾けて、にこっとかわいらしく笑っておく。花代というのは、芸妓・舞妓のお座敷やイベントへの出演料のことだ。

ぼくが着て来たTシャツやスニーカーをまとめて風呂敷に包んでいる宏章を待って、美容室から外へでた。これからまっすぐ吉乃家へもどって、お座敷が始まる時間まで、舞妓の特訓をする。歩きかた、襖《ふすま》のあけかた、ことばづかい、タクシーの乗りかた、お酌《しゃく》のしかたなど。

見習い舞妓の格好をしたぼくと宏章は、人目につかない裏道を選んで吉乃家にもどった。

「おかあはん、ただいま」

吉乃家の玄関の格子戸《こうしど》をそっとあける。

「あ、おかえり」

おかあちゃんが、茶の間から顔をだした。

ぼくを見るなり、固まってしまった。しばらく、眼も口も、身体《からだ》も動かない。

玄関にあがって、おかあちゃんのまえで正座する。きちんと両手の指をそろえて膝《ひざ》のまえについて、おじぎする。

「吉乃家で修業中の舞妓のタマゴ、千代菊どす。おかあはん、今日は、珠菊ちゃんのお座敷、代わりに勤《つと》めさせてもらいます。よろしゅうおたのもうします」

頭をさげると、おかあちゃんが、眼をまん丸くしてぼくを見ていた。

「ミキなの？　信じられへん。あんた……」

「千代菊」は秘密プロジェクトなので、すぐに玄関から茶の間に移って、襖をしめ切った。

「みごとに化けたなー。感心するわ」

「白塗りしたら、だれかて舞妓ちゃんになれるんどす」

「俺も、仕上がったのを見て、震えそうだった。十年近く祇園に住んでるけど、こんなかわいい舞妓、見たことない」

宏章が、千代菊をかわいいっていってる？

ちょっとうれしい気分だなー。

「だーれもミキだとは思わへんやろな。けど、お座敷で黙って座ってるだけとちゃうで。お客さまのお話を聞いて、お座敷遊びのお相手をして、お酒のお酌をして、舞いを舞うのや。すぐから、おかあちゃんとのいいあいに負けないためには、舞妓ことばじゃ、迫力がイマイチ欠ける。

おかあちゃんは、怒ったりケンカしたりするときは、生まれ育った静岡《しずおか》のことばになる。だにインチキだってバレるわ」

「だから、バレないようにやるんだよ」

舞妓ことばからミキのことばにもどす。

「バレないようにできると思ってるの？」

「できると思うから、こんな格好してきたんだよ」

「甘いわね」

「ぼくはね、おかあちゃんとちがって、生まれたときから舞妓ちゃんに囲《かこ》まれて育ったんだよ。門前の小僧《こぞう》、習わぬ経《きょう》を読むだよ。まねくらい、すぐにできるよ」

「そんなに簡単にできないわよ」

「できるかできないか、やってみなくちゃわからないよ。だいたい、今夜の珠菊ちゃんのお座敷、どうやって穴うめするつもり？」

おかあちゃんは、しばらく返事をしなかった。じーっと襖紙に描かれている手毬《てまり》の模様を見ている。

「ほかに選択肢《せんたくし》があるならいいよ。あるわけ？」

「選択肢なんて、ないわよ」

おかあちゃんの、怒りっぽい声が返ってくる。

「私が頭をさげて、お客さまとお茶屋さんにあやまって歩くしかないでしょう」

「でも、それをやったら、吉乃家の信用はガタ落ちだよ。いいの？　せっかくここまで、よそ者の女将が頑張ってきたんだよ」

「だからって、男のあんたをお座敷にだすわけにはいかないわよ」

「この格好してるときのぼくは、男じゃないよ。吉乃家の舞妓見習い、千代菊だよ。着付けが仕上がったら、外見だけじゃなくて、中身も変身したよ」

「宏ちゃん、なんとかいってよ。ミキが、吉乃家ののれんを気づかってくれるのはよーくわかるけど、無茶よね」

宏章は、おかあちゃんのいうのももっともだ、というように、うなずきながら聞いていた。

指を二本、顎《あご》にあてて考えて、慎重《しんちょう》そうにいった。

「俺は、じゅうぶんイケルと思う。一晩だけなら、ミキを珠菊ちゃんの代わりにだしても、だれも男だとは思わないと思う」

「でも、ミキを知ってる人が見れば、バレるかもしれないわよ」

「もし、千代菊がミキに似てるね、っていわれたら、従姉弟《いとこ》だってことにしておけばいいと思う。お客さまは、それ以上追及してこないだろう」

宏章が、勝手に、千代菊と美希也を従姉弟にしている。それって、いい設定かもね。従姉弟同士なら、顔が似ていてもおかしくないし。

「追及してくるかもしれないわよ。今夜のお客さまは」

おかあちゃんが、大きなため息をついた。

「だれのお座敷？　珠菊ちゃんの今夜のお座敷の予定、教えてよ。それと、明日からの予約は、今日中に、断りの連絡を入れておいてよね。珠菊ちゃんが病気になったっていってさ」

「明日からのお座敷は、ほかの舞妓ちゃんに代われるものは代わるように手はずを整えたわ。スケジュールの都合で、無理なものだけ、もうキャンセルしたわ」

吉乃家の女将、さすが、ぬかりがない。

「今日は、いくつお座敷が入ってるの？」

「これが珠菊ちゃんのお座敷の予定よ」

おかあちゃんが、メモ用紙をさしだした。

七時から八時まで。三条の老舗《しにせ》旅館「大隅」。大隅の若旦那《だんな》のお座敷。
八時十分から九時十分まで。縄手《なわて》通り東入《ひがしい》ルの料亭・浮舟《うきふね》。アメリカ人のお座敷。芸妓の藤奴《ふじやっこ》さんといっしょ。
九時二十分から十時二十分まで。先斗町《ぽんとちょう》のお茶屋、福乃井《ふくのい》。宝石商の三木本《みきもと》さんと、若手の人気ナンバーワン歌舞伎《かぶき》俳優、音羽丸《おとわまる》さんのお座敷。菊弥ちゃんといっしょ。

十時三十分から十一時三十分まで。花見小路のお茶屋、山《やま》はな。京都着物組合のお座敷。


最初のお座敷が大隅になっている。これって、顕太んち旅館だ。

マジ!?　よりにもよって、初っぱなのお座敷が顕太んちなんて、やだなー。

まさか、顕太がでてくるってことはないよなー、と思いながら、顕太に珠菊ちゃんの写真を見せてもらったときのことを思いだした。

あいつ、たしか、いってたよ。兄貴に、お座敷へ連れていってもらうんだって。

これが翔太さんのお座敷なら、顕太もでてくる可能性大だ。

千代菊を見ただけで美希也だと見破るやつがいるとしたら、それは顕太だ。

もし顕太の眼をごまかすことができたら、あとはぜんぶオッケイということになる。

これは、面接試験みたいなもんだ。

「ねえ、大隅の若旦那って、顕太のお兄さんだよね」

「そうよ」

「顕太もでてくる？」

「どうかしら。他一名ってなってるから、もう一人お客さまがいるけど、顕太くんかどうかはわからないわ。もし顕太くんだったら、千代菊が美希也だって見破るわね。どうする？　もし、お座敷でバレたら大騒ぎになるわよ」

おかあちゃんは、はなから今回の千代菊プロジェクトには否定的《ひてい》なことしかいわない。女将としては、ぼくの考えが突拍子《とっぴょうし》もない計画に思えるのはわかるけどさ。

「俺は、見破られないと思う。俺が見てもミキとは思えないんだから」

宏章が援護《えんご》してくれる。宏ちゃんは、ぼくが舞妓になる計画を、最初はいぶかしく思っていたらしいけど、千代菊の名前を考えてくれたころから、ぼくの味方をしてくれているように感じる。宏ちゃんが味方になってくれたら、すごく心強い。

「バレないようにやるよ。だから、今から練習するんだよ」

茶の間の置き時計は一時十五分。最初のお座敷まで、約六時間ある。舞いや仕草の練習ができる。

より完璧《かんぺき》な舞妓に変身するためには、おかあちゃんから教わらなくてはならない。この作戦に乗り気じゃないおかあちゃんの協力が不可欠だった。

金色の舞扇《まいおうぎ》とラジカセをもって、おかあちゃんのまえに正座した。振り袖で正座するときは、裾《すそ》の開きぐあい、たもとの形にも気を遣《つか》う。

背筋を伸ばしたまま、軽く眼をとじて深呼吸した。

これから深夜まで「千代菊モード」に入る。どんなことがあっても。「ぼくは」なーんていってはいけない。「つい、うっかりは」は許《ゆる》されない。

今から、「吉乃家の千代菊」の幕があがると思うと、緊張《きんちょう》する。ドキドキもする。ちょうど、学芸会で、自分の出番がまわってきたときのように。

自己暗示をかけるように、心の中で何度かくり返した。

〈今日の夜の十一時半まで、ぼくは千代菊。吉乃家の仕込みさん。美希也の従姉《いとこ》〉

よし、心の準備はできた。〝スタンバイ・OK。

「おかあはん。千代菊どす。舞いのお稽古を、よろしゅうおたのもうします」

おかあちゃんに向かって、頭を深くさげた。

ラジカセには、『祇園小唄』のテープが入っている。

『祇園小唄』の舞いは、小学校六年生のとき稽古したことがあった。今でも、一応、舞うことはできるけど、もう一回、教わっておいたほうがいい。

舞扇は自分のものだ。あのときは、金色の舞扇がほしくて、それで舞いを稽古したようなもんだから。

「宏章はん、テープのスイッチを押してくれまへんやろか」

「了解」

『祇園小唄』の三味線と唄が流れる。

ぼくが舞い始めると、舞妓身代わり作戦には乗り気じゃなかったおかあちゃんの鋭《するど》い声が飛んだ。

「あかん！　腰が入ってえへん。もっと、腰を落として。そうや。指先まで力を入れて。もっと指がそるまで」

おかあちゃんを見ると、宏章の横に正座して、怖《こわ》いくらい真剣な顔でぼくを見上げていた。吉乃家の女将の顔だ。

「いまんとこ、もういっぺん最初から」

宏章がテープをもどして、最初から『祇園小唄』が流れる。

舞妓が舞うのは「座敷舞い」といって、お座敷でお客さまに見せるための舞いだ。動きは激しいものじゃない。かわいく、色っぽく、扇をもって、中腰でしなやかに舞う。

「どこ見とるんや。眼《め》ぇは、指先を見る。そうや。東山に月がでてるんえ。そこで、お月さまを見なあかん。そや」

まえに習ったときのことを思いだしながら舞った。

座敷舞いの中で、一番、ポピュラーで、お客さまからのリクエストが多いのが、この『祇園小唄』だ。この唄は、昭和初期に映画の主題歌として作られたものだから、そんなに昔からあるものじゃない。

一時間ほど『祇園小唄』の特訓が終わると、おかあちゃんは、ぼくに着物をぬぐように命令した。

「え！　なんで。せっかく『祇園小唄』を覚えて、その気になってるってのに」

「ちがうわよ。今から帯で締《し》めつけられていたら、あんたがもたないわよ。お座敷が終わるのは、深夜の十二時近くよ。着付けは、六時半ころにすれば間《ま》に合うでしょう。今は、浴衣を着て、リラックスしといたほうがいいわよ」

え？　おかあちゃんが、心配してくれている？

信じられない。でも、すげーうれしいよー。

身代わり舞妓をたてるのには、あんまり乗り気じゃなかったおかあちゃんの口から、こんなことばを聞けるとは思っていなかったから。

おかあちゃんがその気になってくれたなら、ぼくだって、リキ入れちゃうさ。

お客さまが口から泡《あわ》吹くくらいかわいい舞妓ちゃんをやってやろうじゃないか、って気にもなる。ぼくは単純だから、うれしいと頑張《がんば》っちゃうんだ。

よーし。吉乃家のために、おかあちゃんのために、祇園でも見たことないくらい胸キュン舞妓になってやるぞー。

「おおきに、おかあはん。うちのこと、きぃつかってくれはって、うれしゅおす」

夕方の着付けは、おかあちゃんがやってくれるというので、ぼくは帯をほどいて振り袖をぬいだ。

浴衣に着替えてから、舞妓の心得《こころえ》、襖《ふすま》のあけかた、お座敷へ呼ばれたときのあいさつのしかた、振り袖を着てタクシーに乗るときはどうするか、おこぼをはいて歩くときの歩きかた、お酒を勧《すす》められたときはどうするか、など講義と実技を受けた。

一番むずかしかったのは立ち居振る舞いだった。普段よりゆっくり目に動くようにいわれても、どうしても乱暴になってしまう。

ことばは普通の京都弁とちがって花街《かがい》特有のことば。小さいころから聞いて育ってきたし、舞妓のつかう決まりことばみたいなのがあって、それを覚えておけばなんとかなりそうだ。

「よろしゅうおたのもうします」「おおきに」「ほな、また今度、よろしゅう」とかね。

おかあちゃんがOKをだしたのは、お座敷が始まる直前、六時すぎていた。

畳《たたみ》の上に大の字にひっくり返りたかったけど、髷を結ってるから、そうもいかない。

茶の間のソファーに深く身体《からだ》を沈めて休憩《きゅうけい》。

「疲れたやろ？　大丈夫かいな。心配やなー。気持ち悪くなったら、お座敷の途中でもええから、帰ってきなはれ。わかった？」

「へえ、そうさせてもらいます」

「お座敷への送り迎えは宏ちゃんに頼んであるさかい。なんかあったら、これ使いなはれ。メモリの一番に宏ちゃんの携帯の番号が入れてある。一番を押したら、宏章がかけつけてくれるしな」

おかあちゃんがさしだしたのは、携帯電話だった。ぼくは自分の携帯はもっていない。

「カゴの中に入れとくさかい。ハンカチ、ティッシュ、替えの足袋《たび》も入れといたえ」

赤い鹿子《かのこ》の道行《みちゆ》きカゴは、舞妓ちゃんのハンドバッグのようなものだ。中をのぞいて見ると、化粧直し用の口紅やコンパクトも入っていた。うーむ、こんなもんももって歩くのか。

置き時計を見ると、六時十五分。あと四十五分で最初のお座敷が始まる。時間とともに、少しずつ緊張していく。

ほかの舞妓ちゃんと芸妓さんは、今日は午後からでていた。いつもなら、夕方からのお座敷のまえに、みんなで茶の間で夕食をとってからでかける。

おかあちゃんが用意してくれた夕食を、宏章とふたりで軽くとった。

食事が終わると、おかあちゃんが、化粧を直してくれる。

ぼくの下唇に紅《べに》をさしながら、おかあちゃんは小さい声でいった。

「こんなことしてええんやろかって、まだ迷ってる。吉乃家の舞妓ちゃんは男や、って噂《うわさ》になったらどないしょう」

「千代菊は男やあらへん。千代菊は千代菊や。顕太にもバレへん自信はある。大丈夫や」

「ほんまに、あんたはええのやね」

「うちが舞妓になりとうてなったんや」

ぼくの腹は決まっているのに、おかあちゃんは、まだ迷っている。眉間《みけん》にたて皺《じわ》が寄っていた。

おかあちゃんとしては、迷って当然かもね。

ぼくが、おかあちゃんに内緒《ないしょ》で勝手に千代菊をやるならともかく、屋形の女将が承知《しょうち》してやろうってんだから。おかあちゃんにとっては、大冒険にちがいない。

男の舞妓ちゃんなんて、前代未聞《ぜんだいみもん》。バレたら、どういうことになるか、予想もつかない。なにしろ、前例がないのだから。

「四つのお座敷の女将には、もう連絡してあるさかい。珠菊ちゃんが急病で、代わりに見習いの舞妓をやります。まだ修業を始めたばかりで未熟者ですけど、よろしゅうって」

「オッケイやった？」

「オッケイもへちまもないわな。宵山《よいやま》の晩やで。お店は混雑してる。どんな舞妓ちゃんが来ようと、かまへん。来てくれるなら、それでええ。そないな感じやったわ。みんな忙しいのやな」

「ほな、千代菊にとっても好都合《こうつごう》やおへんか」

「けど油断大敵《ゆだんたいてき》。せいぜい、おしとやかに、女の子の動きに気をつけてな」

おかあちゃんは、タンスの引き出しから匂《にお》い袋の根付《ねつ》けをだしてきて、帯のあいだにはさんでくれた。

ぼくの帯のまえを、ポンと軽く叩《たた》く。金糸銀糸《きんしぎんし》で菊花の模様が織りだされている赤い匂い袋がぶらさがっている。

「千代菊ちゃん、珠菊ちゃんのお座敷をよろしゅう。宏章、千代菊を頼むわよ」

吉乃家のまえに、タクシーがとまるのがわかった。迎えの車だ。

「ほな、おかあはん、いってきます」

宏章もいっしょについて来てくれる。シャレードのマスターの仕事は、今夜はバイトの健《けん》ちゃんに任せてあるとか。

宏ちゃんは、白い半袖シャツに、ライト・グレイの夏のスラックス。いつもより、少し緊張した顔をしている。

そのせいか、ちょっと色っぽい。宏章が花見小路を歩くと、舞妓ちゃんや芸妓さんがはずんだ声であいさつをするのも、わかる気がするねー。

吉乃家の玄関には、敷石《しきいし》に打ち水がしてあった。

濡《ぬ》れて黒く光る敷石を見ると、これから夜の祇園が始まるのだと実感する。

まだ暗くはないのに、足もとを照らす灯《あか》りに灯《ひ》が入っていた。灯りは上から照らすより、足もとから照らすほうが、はるかに幻想《げんそう》的でゾクゾクする。祇園では、灯りの照らしかたひとつでも、計算され、もっとも色っぽい効果がでるように、演出されていると思う。こういうきめ細《こま》やかな演出は、京都広しといえども、花街でしか見ることができない。

宏章とタクシーに乗りこむ。

舞妓は、どうやってタクシーに乗るか、講義で聞いていた。

たもとを引きずらないようにして、背中から乗りこむ。髷が車の天井につかないように、頭は低くして、帯のお太鼓がぺちゃんこにならないように、シートには浅く腰かける。教わったとおりにやると、ばっちりできた。

タクシーは南へ向かった。三条の大隅旅館へ行くなら、ほんとうなら、北に向かわなくちゃならないのに、今日は祇園祭の交通規制のために、一旦《いったん》、南へ向かって、大回りして三条通りへ入った。

タクシーの中では、ぼくも宏章もなにもしゃべらなかった。運転手の耳があるから、へたなことをしゃべって、ヤバいことになるのを恐れたからだ。

ぼくの覚悟はできていた。おかあちゃんのために、正体がバレないように四つのお座敷を勤め上げる。『祇園小唄』の舞いも、なんとかＯＫをもらったし、その他もろもろ、おかあちゃんから教えてもらった。

付け焼き刃《つけやきば》だといえば、そうかもしれないけど、ぼくの場合、ただの付け焼き刃じゃない。祇園の置屋に生まれ育ったぼくの血の中には、祇園という花街の暮らしがしみこんでいる。教わったりしなくても、自然にぼくの身体《からだ》の一部になっているものがあるのだ。

舞妓になることに不安はなかった。

車が東大路から三条通りへ入って、北に折れると、大隅旅館の塀《へい》が見えてきた。急にブルブルっと背中に震えが走る。

翔太さんのお座敷に顕太がでてきたらどうしよう。

千代菊が美希也だって見破られたら、ごまかして、笑ってすますことができるだろうか？

大隅旅館の木造の建物が視界に入ってくると、今までの自信はどこかへ吹っ飛んでしまった。

心臓の鼓動《こどう》も一段と大きくなる。

となりの宏章に、ぼくの心臓の音が聞こえたらどうしようと、マジで心配した。臆病者《おくびょうもの》、と思われるのはイヤだ。この作戦のいいだしっぺは、ぼくなのだから。

緊張をとくために、大きく深呼吸をした。でも、帯でしめられているから、胸いっぱいに空気を吸いこむことはできなかった。

ぼくの動揺を察知《さっち》したのか、宏章の手が伸びてきて、ぼくの両手をつかんだ。てのひらで包むようにして握ってくれる。温かい手だった。

大丈夫だよ、というつもりで、宏章の手を、そっと握り返した。

大隅旅館のお座敷で、なにが起こるかわからないという不安はある。

だけど、震える心のどこかで、未知の体験を迎えるワクワクした気持ちもあることはたしかだった。

第二章　初めてのお座敷

タクシーが旅館・大隅《おおすみ》の門のまえでとまった。

覚悟はできているつもりなのに、喉《のど》はカラカラ、握りしめたてのひらに汗《あせ》をかいている。思ってるより、緊張《きんちょう》してるんだな。

車からおりるまえ、宏章《ひろあき》の腕がぼくの肩にまわって、こわれ物を扱うように、そーっと抱いてくれた。宏章の心づかいがうれしい。

「大丈夫だよ。俺がついてる」

「おおきに、宏ちゃん」

車から足を伸ばして、草履《ぞうり》を地面につけた。

祇園《ぎおん》の中を動くときは、舞妓《まいこ》は「おこぼ」と呼ばれるぽっくりをはく。ぽくぽくと音がして、楽しい。

今日のように、祇園の外へでるときは、草履をはく。ぼくがはいているのは、珠菊《たまぎく》ちゃんのピンクの鼻緒《はなお》の草履だ。

さあ、いよいよだ。今から、「千代菊《ちよぎく》」のお座敷が始まる。

舞妓にとって、お座敷は職場だけど、戦場であるともいえる。

芸妓《げいこ》も舞妓も、お座敷で花代《はなだい》の売り上げを競う。みんな競争なのだ。

売り上げが一番の芸舞妓は、お茶屋組合から表彰《ひょうしょう》される。

売れっこの珠菊ちゃんは、表彰される舞妓の常連だった。

門の中に入ると、眼《め》のまえには、緑の庭園の中に建つ数寄屋《すきや》風の和風旅館、大隅の玄関が見えた。顕太《けんた》んちだ。

家族が住んでいる住宅は旅館の裏側にあって、行き来できないようになっている。

顕太とは顔を合わせることはないと思う。ただし、あいつがお座敷の客だったら、アウトだけど。

住宅のほうには何度も入ってるけど、旅館の中に入るのは初めてだった。

まえに顕太から聞いたことがある。

「天井板一枚、二千万円だってさー。修理もうっかりできねーらしい」

大隅の母屋《おもや》は江戸《えど》時代の建物だから、修理したくても合う木材がないって、顕太がこぼしていた。

玄関に女将《おかみ》が待っていた。顕太のおふくろさんだ。美希也《みきや》は顔見知りだけど、千代菊は初対面だからな。

「吉乃家《よしの》の珠菊ちゃんが急病で来られなくなったので、代わりの舞妓ちゃんです。まだ店だしまえですが。名前は千代菊です」

宏章が説明してくれる。

「おかあさんから、連絡がありましたえ。珠菊ちゃん、大事ないとええなー」

「吉乃家の千代菊どす。よろしゅうおたのもうします」

「かわいい舞妓ちゃんやことー」

顕太のおふくろさんが、眼を細めてぼくを見ている。

こっちは、バレやしないか冷や冷やしている。でも、白塗《ぬ》りしてるから、ぼくの顔色は外からは見えない。泰然《たいぜん》としていればいいのだ。

顕太のおふくろさんは、ぼくだと気がついていないようだ。第一関門突破《とっぱ》。

宏章は、玄関ロビーで待っていてくれることになった。

「ほなご案内しますよて。こちらどす」

大隅は、廊下も天井も柱も重厚なあめ色で、年代を感じさせた。

連れて行かれたのは、二階の和室だった。

廊下から雪見障子《ゆきみしょうじ》をあけて中に入る。

「おたのもうします。千代菊どす」

頭が畳《たたみ》につくくらい深くおじぎをする。部屋の中へ入った。

十畳《じょう》ほどの部屋に床《とこ》の間《ま》があって、男がふたりいる。座卓《ざたく》をはさんで、向こう側とこちら側と。

こちら側の男は後ろ姿しか見えないが、肩幅が狭いし、身体《からだ》の線が細い。男というより少年の身体だ。

向こう側、床の間のまえにいるのは、この大隅旅館の二番目の息子、同志社《どうししゃ》大学の学生、亮太《りょうた》さんだった。

顕太の上の兄貴、翔太《しょうた》さんが呼んでくれたのだと思っていたら、二番目の兄貴だったんだ。そうすると、こちら側に座っているのは……いやーな予感がする。

顕太だったら、「なんだミキじゃないか。なんでそんな格好してるんだ？」なーんて、無邪《むじゃ》気《き》な顔していうんだろう。

心臓の鼓動《こどう》が加速を始めている。身体も熱くなっている。

美希也であることがバレなければいいんだ。白塗りしてるし、たいていの人の眼はごまかせる。顕太をごまかせるかどうかは、これからわかる。

座卓に近づいていくと、背中を見せている男の着ているシャツとズボンが見えた。袖口《そでぐち》にＳＪの刺繍《ししゅう》がしてある水色のカッターシャツを着ている。聖ジョージ学院の夏の制服だ。顕太に間違いない。

ぼくは一秒で、次の瞬間、なにが起こってもいい、と覚悟した。

もし、バレたら、しょうがない。大隅兄弟の口を封じるしかない。

どうやって？　それは、そのとき考えるさ。

学芸会で、本番のステージにあがったときの気分だった。ステージにあがったら、もう腹を決めるしかない。

顕太が千代菊の正体を見破るかどうか、ぼくにとっては挑戦だ。面接試験と同じ。ここを無事通過したら、あとはどこもＯＫだ。

「珠菊ちゃんは？」

亮太さんが、ふしぎそうにたずねた。

珠菊ちゃんは急に病気になったこと、あまり急だったので、見習いの千代菊が代わりに来たことを説明した。

「えええ。珠菊ちゃんじゃないの？　そんな、むちゃくちゃ。せっかく楽しみにしていたのに」

だろうね。顕太の落胆《らくたん》はわかるよ。まえに珠菊ちゃんの写真を見せてくれたときの顕太のノボセようは、よく覚えている。

顕太が不満モロだしで、口をとがらしてぼくをちらっと見た。投げやりな調子で。

「すんまへん。珠菊ちゃんやのうて、見習い舞妓がきてしもうて」

ふたりの男の中間に座って、ていねいに頭をさげた。呼吸ひとつ乱れないように、緊張している。

顔をあげると、親友の大隅顕太がぼくを見ていた。

「こんばんは。千代菊どす」

少年の顔をまっすぐ見た。

顕太は、最初、ぼくを見て眼を大きく見開いて、しばらく、まばたきもしなかった。

数秒の空白の時間が流れる。

イヤーな予感がする。顕太のやつ、千代菊が美希也だって、気がついたんじゃないのか？

眼をそらすのはおかしいと思って、ぼくは、内心の動揺を表にださないようにしながら、顕太を見ていた。

顕太が黙っているので、亮太さんが沈黙《ちんもく》を破った。

「顕太。どうしたんだよ。千代菊ちゃんに、あいさつを返すべきだぞ」

「あ、あ、そうだった。こんばんは」

顕太は、口ごもりながら返事をしたけど、見る見るうちに赤くなった。

「へえ、おまえが女の子のまえで赤くなったの、初めて見たよ」

「だって……」

「だって？　だって、なんだよ。舞妓さんを見るの、初めてじゃないだろ？」

「初めてじゃないけど、こんなかわいい舞妓ちゃん、初めてだよぉ――。すんげえ、きれい！

信じらんない……」

　顕太は赤くなったのを隠すように、コホンとせき払いしてから、いつもより大人びた声でえらそうにいった。

「きみ、千代菊ちゃん？」

「そうどす。珠菊ちゃんの妹舞妓どす。どうぞよろしゅう」

　まだ、顕太は、千代菊がぼくだってことに気づいていない。まだバレてないからといって、最後までバレないというわけじゃないから、気をゆるめないようにしないと。

　ぼくも緊張しているけど、顕太のやつも緊張しているよ。顕太にとっても、初めてのお座敷だからね。こんなに間近《まぢか》で舞妓を見たのは初めてだろうし。顕太の身体じゅうに不自然に力が入っている。

「ぼくたちはね、この旅館、大隅の息子でね、三人兄弟の二番目と三番目」

　亮太さんが、場を和《なご》ませるつもりだろう、気さくな調子で自己紹介をした。

「大学の卒論作成のために、顕太が手伝ってくれてね、お礼がこのお座敷なんですよ」

　なるほど。そういうことだったのか。粋《いき》なお礼だな。

　顕太のやつ、酒を飲んでるのかな、と思って座卓の上を見た。

　徳利《とっくり》とおちょこは、亮太さんのまえには置いてあるけど、顕太のまえにはない。代わりにウーロン茶の入ったグラスが置いてある。

酒は入ってないはずなのに、顕太は酔《よ》っぱらってるような顔をしていた。

「今日のお座敷に珠菊ちゃんをリクエストしたのは、こいつなんですよ。まえからのファンだって」

顕太は、兄貴のことばにウンウンうなずいている。

亮太さんも、顕太も、千代菊が実は美希也だとは気づいてない。この調子で、最後までバレないでとおるかどうか。

亮太さんと顕太は、『祇園小唄《こうた》』を所望《しょもう》するわけでもない。お座敷遊びをするわけでもない。おしゃべりをするだけでいいのだと、ふたりともいう。

最初は緊張して固まっていた顕太も、十五分もすると、なにを思ったか、ウーロン茶のグラスをもって、立ちあがった。

ぼくの横にくると、じーっと顔を見つめる。

舞妓が珍《めずら》しいのはわかるけど、そんなに見つめるなー、バレるじゃないか、とぼくは心の中で叫んでいる。

「ここに座ってもいいかな」

映画館でポテトチップスの袋を片手に、女の子をナンパする軽薄《けいはく》な男みたいな声だった。

顕太は座卓に向かって座らずに、こっちに向いて至近《しきん》距離に座った。絶体絶命《ぜったいぜつめい》。こんな近くに顕太が来るなんて最悪。

なるべく視線を合わせたくないのに、顕太のやつは、ぼくの両手をとって、顔をのぞきこんでくる。

これでは視線をそらせることはできない。バレたらそのときだ。

ぼくは観念《かんねん》して、顕太の視線を受け止めた。

「そばで見ると、ドキドキするよ。髪の毛一本も乱れていない。きみ、すごーく、きれいだ。オレが知ってる舞妓ちゃんの中でも一番キュートだよ」

顕太はマジな顔だ。本気でいってるよ。

こりゃ、いっぱしの男だねー。学校でバカいってる顕太じゃない。女を口説《くど》くときの顔だぞ。

まだ、千代菊の正体はバレていないな。

「ぼんは、お若いのに、女性を喜ばせるコツを知ったはるんどすなあ」

顕太のマジを和《やわ》らげるつもりで軽くいなす。

「心外だな。社交辞令《しゃこうじれい》じゃないよ。ホントだよ」

「けど、珠菊ちゃんのファンですやろ」

「昨日まではね。今日から千代菊ちゃんのファンになった」

ほんとかねー。社交辞令かもしれないしね。話半分で聞いておこう。

亮太さんのおちょこに酒を注《つ》ぐと、顕太のやつがヤキモチを妬《や》く。

「オレのもついでよ」

口をとがらせて、ウーロン茶のグラスをぼくのまえにさしだす。

顕太って、かわいい！

ぼくのまえでは背が高い分、兄貴風を吹かせていばっている顕太だけど、女のまえだと、甘えたりするるんだ。

顕太のグラスにウーロン茶を注ぎながら、ぼくはいった。

「あと数年たったら、ええ男はんにならはりますのやろうなー」

顕太が、ほっぺたをまた赤く染めた。

「マジで、そう思う？」

「へえ。そんな予感がします」

顕太が酒でも飲んだように、目尻《めじり》まで赤く染めてぼくを見ている。

しばらくじーっと見ていたと思ったら、とんでもないことをいった。

「千代菊ちゃん、ミキを知ってる？」

ドッキーンと心臓が打つ。

ミキってのは、ぼくのことだろ？

なんで、いきなりぼくの名前がでてくるんだよ。

顕太のやつ、なにか勘《かん》づいたのだろうか。

「へ？　ミキちゃんって？」

わざと、とぼけてみせる。

「千代菊ちゃんは吉乃家の舞妓ちゃんだよね。吉乃家の一人息子の美希也だよ」

「あ、美希也さんなら、へえ、知ってます」

「千代菊ちゃん、あいつにそっくりだよ。あいつが舞妓になったら、こんなかなーって、千代菊ちゃんを見て思った」

ドキン、ドキン。やっぱり顕太は気がついている。千代菊が美希也に似ていることを。

さすが、ぼくの親友。こいつの眼はごまかせない。

だったら、芝居《しばい》でごまかすしかないさ。

「よういわれます。ミキちゃんを知ったはる方から。うちら、従姉弟《いとこ》同士どすねん」

「やっぱりね。オレさ、一度、あいつをだまくらかして、舞妓の格好させたかったんだ。あいつは怒るだろうけどね。首は細いし、肌《はだ》はきれいだし、色白だし。でも、今日、千代菊ちゃんに会って、その企《たくら》みはきっぱり捨てた。オレ、千代菊ちゃんのファンクラブに入る」

千代菊のファンクラブだってさー。そんなもん、あるわけないのに。

「おおきに。けど、うちのファンクラブなんて、そない大層《たいそう》なものはあらしまへん」

「え、ないの？」

顕太がきょとんとした顔になって、次の瞬間、パチンと手を打った。

「だったら、作ったらいいんだよ。オレが作る。会長はオレ。会員一号は大隅顕太」

「それじゃ、会員二号に僕が立候補しよう」

顕太の話を聞いていた亮太さんが、ファンクラブ会員に名乗りをあげた。

「事務局は大隅旅館。顧問《こもん》はオヤジ」

顕太が勝手なことをいっている。

千代菊って舞妓は、今夜一晩だけの存在で、明日には、祇園中探しても見つからないんだよ、っていってしまいたかった。

でも、黙っている。お客さまの夢をこわしちゃいけないのだ。

結局、顕太と亮太さんのお座敷は、千代菊ファンクラブ立ちあげ会みたいになってしまった。

顕太が、ごそごそと、座卓の下からなにかを引っぱりだした。デジカメだった。

「いっしょに写真とってもいい？」

臨時舞妓の千代菊としては、写真撮影は極力避《さ》けたい。写真を写されると証拠が残るからね。

「すんまへん。うちは店だしまえやし、お写真は堪忍《かんにん》しとくれやす」

「えー。ダメなの？　なんで？　上の兄貴なんて、お座敷で舞妓ちゃんと並んで写真写してるよー」

顕太は唇《くちびる》をとがらせて、ブーイングの表情を示している。

写真をとりたい気持ちはわかるけど、こっちも証拠を残したくないんだよ。

「すんまへん。お写真以外なら」

「ほんとに？」

「へえ」

「よっしゃー」

顕太がガッツポーズをして叫んだ。

「じゃ、キスしてよ」

「へ？」

キス？　顕太がぼくにキスを要求している？

眼を二回ばかりしばたたいていると、顕太が顔をよせてきた。

「顕太、なにいってるんだ。舞妓ちゃんに、そんなこと要求する客がいるか」

「いいじゃん。写真以外なら、なんでもいいっていったじゃん。さすがに口は遠慮《えんりよ》するからさ。口は千代菊ちゃんの大事な人にとっておくとして、千代菊ちゃん、オレの、ここんとこにチューしてよ」

顕太が、自分のほっぺたを指さしている。

「減るもんじゃないし、いいじゃん」

うーむ、お座敷で、舞妓ちゃんにキスを要求する客ねー。

こういうときは、どうリアクションしたらいいんだ？　教わって来なかったよ、と思っていると、亮太さんが、助け船をだしてくれた。

「こら、顕太。失礼だぞ」

「失礼かどうか、決めるのは兄貴じゃないよ。千代菊ちゃんが決めるんだ」

顕太は、マジな顔で正面からぼくを見ている。

「千代菊ちゃん、オレって失礼だと思う？」

顕太のほっぺたにチューするくらい、べつにイヤじゃない。

ただ、おかしくて笑いだしそうになってるのをこらえるのが大変なんだよ。

「ねえ。どう思う？」

「かましまへん」

「やったねー！」

顕太が両手で握り拳《こぶし》を作る。

「千代菊ちゃん、こいつのいうことなんて、聞かなくていいよ。初めてのお座敷で、キスしてほしいなんて、マナー違反だぞ」

「うちはかましまへん。けど、ひとつ、お願いがありますねん。ほかのお客さまにバレんように、内緒《ないしょ》にしとくれやす」

「それって、オレだけってこと？」

「近い将来、ステキな男はんにならはるやろう顕太さんやから、特別どす。それに、千代菊のファンクラブの会長さんやし」

「ヒャッホー！　聞いた？　兄貴。オレだけ特別だってー」

顕太は赤い顔をしたまま、有頂天《うちょうてん》になっている。

亮太さんが見ているまえで、ぼくは顕太の望むとおり、ほっぺたに軽く唇をつけた。

顕太を好きだからとか、そういうキスじゃない。お客さまが望まれて、それに応《こた》えてサービスしただけだ。今、ぼくは千代菊。顕太の親友、美希也じゃない。

顕太は、座っていられないらしく、立ちあがると、座布団を抱きかかえてお座敷の中を走り回った。力があまってるんだなー。

それからも、顕太ははしゃいで、ストリートダンスを見せたがるし、亮太さんはといえば、酔っぱらって、大声で同志社の学歌を歌った。元気な兄弟だよ。

お座敷が終わる時間になって、女将、つまり顕太のおふくろさんが和服の襟《えり》も涼《すず》しげに現れたときには、大隅兄弟は疲れて、畳《たたみ》の上に大の字に転がっていた。

部屋の中に入ってきた女将の第一声。

「あらまあ！　亮太、顕太、なにしてはんの。舞妓ちゃんのまえやないの」

「おかあさん。うちはこれで、楽しいお座敷どした。顕太はんは、お酒は飲んだはらしまへん。ウーロン茶で酔うたはります」

顕太が叱《しか》られないように、フォローを入れておいた。

部屋からでようとすると、寝ていた顕太が、がばっと起きあがった。

「オレ、玄関まで送ってく」

顕太がエスコートしてくれるらしい。

廊下を歩きながら、顕太は早口でいった。

「千代菊ちゃん、ミキのこと、どう思う？」

一瞬、顕太のやつは、ぼくが美希也だってのを承知《しょうち》の上で、からかっていってるのかと思った。

「どういう意味どす？」

顕太の顔を探ってみても、ぼくをからかってるって顔じゃない。真剣だ。

「あいつのこと好きとか？」

探りを入れてくる声だった。

「ミキちゃんは従姉弟やし、なんとも思ってえへんけど」

「恋してるとか、なし？」

「へ？　ミキちゃんに、うちが恋してる。いややわ、そんなん、ありえーしまへん」

「あいつ、学校じゃ、けっこうモテるんだぜ。ちっちゃくて、きれいな顔で、性格もかわいいしさ」

顕太がなにをいいだすのかと、びっくりして、思わず顔を見てしまったよ。

学校って、中等部も高等部も、全員男だぞ。学校でモテるって、どういうことだよ。

「ミキちゃんが、学校で？　そんなこと、一度も聞いたことおへんなー」

「そりゃそうよ。俺がガードしてる。高等部の悪い虫がつかないように、眼を光らせているからな」

初めて聞くぞ。顕太がぼくのボディーガードだって？

「千代菊ちゃんとミキは、ただの従姉弟で、なんでもないってことだね」

「そうどす」

「わかった。それを聞いて安心した」

顕太が、なにに安心したのか、考えてもわからなかった。

わかったのは、千代菊と美希也が恋仲だと、顕太はおもしろくない、ってことだ。

でも、なんで？

「ねえ、千代菊ちゃん、また逢《あ》えるかな」

顕太が、秘密の話でもするように、ぼくの耳元でささやいた。

「お座敷で、お会いできると思いますえ。また、呼んでおくれやす」

いってから、営業用の笑顔をにっこりと返す。

顕太が自力で舞妓をお座敷に呼ぶのは無理だとわかっていて、いっている。

それに、「舞妓・千代菊」はもう今夜の十二時で姿を消す。お客さまの夢をこわさないようにいってるのだけど、にこやかな笑顔でいってる自分が、ちょっとイヤだった。

ごめん。顕太。

玄関で、大隅の女将、つまり顕太のおふくろさんと、顕太に見送られて外へでた。

門のまえの道で、宏章がタクシーのドアをあけて待っていてくれた。

宏ちゃんの顔を見ると、肩の力が抜けて、ほーっとする。

「次は浮舟《うきふね》だ。時間は予定どおりだな」

宏章が腕時計を見ながらいった。

タクシーに乗りこんでからは、運転手が聞いているからヤバイ話はできない。

「さっき見送りにでてきてたの、顕太くんじゃなかったか？」

「そうどす。亮太はんと顕太はんのお座敷どした」

「そうか。で、どうだった？」

「無事に勤《つと》め上げましたえ」

これで、宏章には通じたと思う。「ミキだってバレなかったよ」とは、タクシーの中ではいえないからね。

浮舟は、縄手《なわて》通りを三条《さんじよう》から少し南にさがって、東に入ったところにある高級料亭だ。宏章の店、シャレードのすぐ近くにある。

タクシーからおりて、浮舟の玄関に向かう。

浮舟の玄関につくと、大隅のときと同じように、宏章が、女将の松代《まつよ》さんにあいさつした。

松代さんは、おかあちゃんの仲良しの友だちだった。

ぼくも宏ちゃんも、女将は顔見知りだ。顔見知りといっても、一年に一度、見かけるかどうか、という程度だけど。

「千代菊」が岡村《おかむら》美希也だと即《そく》見破られるとは思わないけど、油断《ゆだん》はできない。なるべく女将の顔を見ないでおこう。

「まだ見習いさんで、お披露目《ひろめ》もすんでいない舞妓ちゃんですけど。急遽《きゅうきょ》、代理ということで連れて来ました」

「あらあら、かわいい舞妓ちゃん。お名前は？」

女将は怪《あや》しんでいる様子はない。これなら、いけるかも。

「千代菊どす。よろしゅうおたのもうします」

「こちらこそ、よろしゅう。藤奴《ふじやっこ》ねえさんも来はることになってますねんけど、まだみえたはらへん。もうすぐ、来はると思いますえ。ほんなら、宏章さん、千代菊ちゃんをお預かりします」

シャレードが近いので宏章は店に入って、お座敷が終わるときに迎えに来てくれることになっていた。

「九時ごろ、また来ます。次のお座敷へは、ぼくがタクシーで連れていきますから」

「ほな、九時十分にお座敷が終わるさかい、それから宏章さんに千代菊ちゃんを引き渡せばよろしおすな？」

かくして、千代菊は宏章の手を離れて浮舟の女将、松代さんの保護下に入った。

松代さんにお座敷へ案内されていく。

京都《きょうと》の家はウナギの寝床《ねどこ》といわれるように、奥が長い。浮舟さんも縦《たて》に細長くて、長い廊下に沿《そ》って中庭がしつらえてあった。

その細長い中庭に面して、お座敷がいくつも並んでいる。

お座敷のひとつに、松代さんと入った。

おかあちゃんに教えてもらったとおりの作法で、雪見障子をあける。

廊下に正座したまま、頭をさげた。

「こんばんは。千代菊どす。よろしゅうおたのもうします」

顔をあげると、ふたりの男がテーブルをはさんで座っていた。

ふたりとも日本人じゃなかった。栗《くり》色の髪と金色の髪。白人の男がふたり。アメリカ人だろうか。ヤング・エグゼクティブ風の男たちだった。

男たちは、現れた舞妓を見ると、「ワオ、ビューティフル！」といって眼を輝かせた。

松代さんがぼくのとなりに座ってくれる。ちょっと安心。

ふたりとも四十代初めくらいだろうか。最近、京都御所《ごしょ》の近くにできた外国資本のホテルの重役だということだ。日本語を少しだけ話した。

ぼくは学校で英会話の授業を受けている。先生はアメリカ人だし、顕太とふたりで英会話の家庭教師についたこともあるから、ネイティブの英語にも少しは免疫《めんえき》があった。

男たちがふたりだけで話している会話の内容も、少しは聞き取ることができる。

舞妓を近くで見たのは初めてだとか、こんなにかわいいとは想像していなかったとか話している。キュート・ガールという単語がときどきでてくる。

ガールじゃないのに、妙《みょう》な気持ちだ。男でもこういう格好をすれば、舞妓ちゃんに見えるということだよ。

ぼくが少しは英語を話すのがわかってからは、ふたりは英語で話しかけてきた。

松代さんは英語はできないらしく、黙って聞いている。

男たちは料理を食べながら、京都のこと、日本のことなど、いろいろ質問してきた。

ぼくは知ってることは、なんとか英語にして答えた。

ほかのお座敷のお客さまが帰るというので、見送るために松代さんが部屋からでていった。

そのとたんに、ふたりのヤング・エグゼクティブが急になれなれしくなった。

テーブルの向かい側に座っていた男が立ちあがって、松代さんが座っていた席に座った。

ぼくは両側からアメリカンにはさまれている。

べつにどうってことないけど、男たちの眼がハートになっているのがわかる。ヘンな気持ちだよ。

今、ふたりのアメリカ人を魅《み》せているのは、ぼくじゃない。舞妓の千代菊なのだ。

それに、はっきりしているのは、ふたりの男が参っているのは千代菊の中身じゃないということだ。豪華な振り袖《そで》と帯で飾りたてた舞妓という人形に魅せられているのだ。珍しいというだけで愛玩《あいがん》されている人形。おもちゃ。

ぼくが偏屈《へんくつ》なのかもしれないけど、きれいだとか、かわいいとかいわれても、ちっともうれしくない。なぜなら、こいつらにとって、ここにいるのは千代菊じゃなくてもいいからだ。

舞妓ならだれでもいい。そう思うと、なんだかむなしくなってくる。

珠菊ちゃんは、お座敷にでているとき、こんなふうに感じることはなかったのだろうか。

それでも、舞妓はプロの接客業。気持ちを隠して、にこやかにほほ笑《え》んでいなくちゃならない。

「ハウ・キュート！　プリティー・ガール！　ユー・アー・ライク・ア・ドール《人形みたいだ》！」

金髪男が身体をかがめたと思ったら、ぼくのほっぺたに唇をつけた。

ドッキン！

ヤダーと、ぼくの全身が叫んでいる。

たとえほっぺたでも、好きでもないやつにチューされるのは我慢《がまん》できないんだよ！

さっきは、相手が顕太だから、望まれてほっぺにチューしてやったけど、されるのはいやだよ。いくらお客さまでも。

「あは、かんにんどすえ。うちは人形やあらしまへん」

金髪の男は悪びれる様子もなく、にっこり笑った。

悪気はないらしいけど、キスされるのはゴメンだよ。

「カワイイ舞妓ガール！　大好キデス」

それはありがたいことだけど、金髪男は接近しすぎだよ。

後ろから肩をつかまえられたと思ったら、ぐいと身体をまわされた。

今度は眼のまえに、栗色の髪にふちどられた顔がドアップで迫っていた。

そんなに近づくな！

「キス、シテモイイ？」

いやに決まってる！　と返事をする間《ま》もなく、顔をよせてくる。

「スト――――ップ！」と叫んでも男の顔は近づいてくる。

イヤだ！　客ならなんでも許《ゆる》されると思ったら大まちがいだ。客にも客のマナーがある。

ぼくの右手が反射的に動いていた。

男のほっぺたを右てのひらでひっぱたいた。

思いきりやったから、てのひらがジンジンしている。

見ると、ひっぱたかれた男は、赤い顔をして頰《ほお》に手をあてて、眉《まゆ》をつり上げている。

ガラスのような青い眼が、「こんな小娘に手をあげられて、俺は立腹《りっぷく》しているぞ」といっていた。

こりゃ、えらいこっちゃ。ひと騒動持ち上がる？　日米摩擦《まさつ》になる？

美希也なら、ここでタンカを切って、ケンカをおっ始めるところだが、今日は、吉乃家の看板しょってる「舞妓・千代菊」なんだ。上昇した血圧をぐーっとこらえる。

「すんまへん。かんにんしとくれやす。うち……」

お客さまに頭をさげる。

あやまったら許してくれるだろうか？　それとも立腹は収まらないのか？

異国の人の顔を見ても、どうするつもりなのか意図《いと》が見えない。

男がぼくの肩に手をかけた。

背中に腕がまわる。手首をつかまえられる。

どうするつもりだ？　抱きよせられる？

「いやや！」

ぼくは反射的に立ちあがっていた。

つかまれた手を振りきると、座敷の襖《ふすま》をあけて廊下へでた。

後ろ手にしめた襖が、すぐにあく気配《けはい》がする。

知らない男に抱きよせられるなんて、イヤだ！　背中に虫ずが走る。

ぼくは振り返りもしないで走りだした。

玄関はどっちなのか、松代さんの部屋はどこなのか、見当もつかない。

初めて入った浮舟の中は、単純なウナギの寝床じゃなかった。中二階があったり、地下へおりる階段が突然、廊下に現れたり、迷路のようになっている。

裾《すそ》を引いて走るのはころびそうで怖かったから、着物の裾をよっこらしょと持ち上げて走った。廊下にはだれもいないし、どんな格好で走ろうとかまやしない。

どれくらい走っただろうか。耳をそばだててみると、遠くで話し声が聞こえる。走ってくるような足音も聞こえる。アメリカンがまだ追いかけてくるのだ。

いい加減《かげん》にあきらめればいいのに。

見つかったら、口にキスされちゃうかもしれない。

そんなのイヤだ。ぼくは、ファーストキスもまだなんだから。

廊下が続くかぎり、走るしかない。

走るしかないのに、廊下は行き止まりになった。絶体絶命。

廊下のつきあたりは部屋がひとつあって、襖がしまっている。

あそこへ飛びこむしかないかな、と思っていると、襖があいて、背の高い男がでてきた。

ダブル・ブレストのダークスーツを着ている。渡りに船とはこのことだ。薄暗い廊下の灯《あか》りの下では、男の顔はよく見えなかったけど、視線がぼくの脚《あし》に向いていることが見てとれた。

男の視線の先に眼をやると、ジャーン、ぼくの眼に見えたもの、つまり向かい合っている男の眼にも見えているもの。

着物の裾だけじゃなくて、赤い腰巻きもいっしょにたくし上げて走っていたのだ。ぼくの二本脚は丸だし。膝《ひざ》まで見えている。パンツは見えてないと思うけど。

「ひゃー、恥《は》ずかしい！」

あわてて、握りしめている両手を開いた。

着物の裾がストンと落ちる。でも、遅かった。

男はコホンとせき払いして、困ったような、それでいてうれしそうな声でいうのだ。

「きれいなおみ脚を拝見《はいけん》できて光栄ですね」

なにがおみ脚だい。ぶんなぐったろか、と思っていると、後ろから足音が近づいてくる。

「助けておくれやす！　悪い男に追われてるんどす！」

ぼくは男に抱きついた。

なにを思ったか、男はぼくの手を引っ張ると、今でてきた部屋にもどった。

すぐに襖をしめる。

部屋のすみに行灯《あんどん》の灯りがあるだけで、天井の蛍光灯《けいこうとう》の明かりはついていなかった。

行灯の灯りは部屋の壁にあたって間接照明になっている。

部屋の中には、ぼんやりした光が漂うように満ちていた。ちょっと薄暗いけど、心が落ちつく照明効果だ。

ぼくは部屋のまん中で、男の腕にしがみついていた。堅い腕だった。

「大丈夫ですよ」

男は背中にまわした腕で抱いていてくれる。

外の廊下に数人の足音がして、話し声も聞こえた。英語だ。あいつらだ。

「見つかったら、きっと、むりやりキスされます。そやし、助けてください！」

必死だった。知らない男にキスされるなんて、ぜったいヤダ！

「それは一大事だ。私にお任せなさい。あなたをお護《まも》りしましょう」

男はなにを思ったのか、すばやく上着をぬいだ。ぼくを両腕で抱いたと思ったら、そのまま畳《たたみ》の上に倒されてしまった。

倒されても、すぐに首の下に腕が入っていたから、髷《まげ》はつぶれないようにガードされている。

男も畳の上に身体《からだ》を横たえて、舞妓姿のぼくを抱いている腕に力を入れて抱きよせた。

「なにしはりますのん！」

「シッ！　追っ手はすぐまえの廊下にきていますよ。私に合わせて。愛し合ってるように見せかける。そしたら、あなたの追っ手はあきらめるでしょう」

そういうと、男は振り袖の裾を派手に開いた。いかにも男と女が、薄暗い部屋で絡《から》んでいるというように。

それ以上ヘンなことしたら声をあげてやるからな、と思ったときだった。

襖がノックされて開いた。

「ワオ。エクスキューズ・ミー」

すぐに襖がとじられた。

廊下でなにかいい争っている英語が聞こえて、やがて遠ざかっていく足音がした。

その間、男はぼくを抱いたままだ。

「名前は？」

耳元で男がささやく。

「千代菊どす」

男がつけているコロンの香りなのか、緑の森の中にいるような香りがした。

「半だら帯ということは、まだ店だしまえってことですね」

「そうどす。今日が初めてのお座敷どす。それがアメリカ人のお客さまがキスしようとしはるんどす」

「キスはお嫌い?」

あたまえだろ! といいたいのをグッとこらえる。

「好きでもない人からは、されとうおへん」

「好きな人なら、いいということですね」

「へ?」

男がくすっと笑った。

からかわれているのだな。

まあ、いいけどさ。助けてもらったんだし。

「舞妓は、お座敷でお客さまとキスなんかせえしまへん」

「そうでしょうか? 私は、お座敷で、舞妓さんからも、芸妓さんからも、何度もキスをねだられましたよ」

「えええええ――。ほんまですか?」

知らなかった。舞妓ちゃんの中には、そういうことをやる人も、いるのかもしれない。

「それで、ねだられて、どうしはりました? キスしはったんどすの?」

「どうしたと思いますか?」

男の顔をよく見たわけじゃないし、どんなやつなのかわからないけど、余裕ある話し方、それに、抱きよせかたも心得ているし、この男、かなり遊んでる。女に誘われたら、乗るタイプだとみたね。

「しはったんやろ、思います」

「どうしてそう思われる？　判断の根拠《こんきょ》は？」

「うちの直感どす」

男がクックッと声を抑えて笑っている。

「誘われたのを断ったら、考え方によっては相手に失礼になるかもしれないでしょう」

「ほんなら、好きでもない人とでも、誘われたらキスしはる、いうことですの？」

「いけませんか？」

いけなかないさ。あんたの勝手だよ、と思ったけど、黙っている。

足音が遠ざかって、何分かすぎた。もう大丈夫だろう。

「アメリカのお客さまも、あきらめはったみたいどす。おおきに」

男が起きあがった。ぼくも起こしてくれる。

「ほんまに助かりました。おおきに」

ぼくは頭が畳の上につくくらい深くおじぎをした。

「アメリカ人のお座敷を逃げだしてしまったのですね」

「そうどす」

「あとで、おかあさんから叱られるでしょうね」

「それは……ものすごう叱られると思います。屋形《やかた》のおかあさんと、浮舟のおかあさんと、両方から。お座敷から逃げただけやおへん。キスされそうになったとき、お一人のほっぺたを殴《なぐ》ってしもうたさかい……」

「殴った？　それは勇敢《ゆうかん》な舞妓ちゃんだ」

明らかに、この男、ぼくは必死で逃げたのに、おもしろがってる。

「お客さまに手をあげるなんて、接客業に徹《てっ》するはずの舞妓としては、失格どす」

「強引なキスを避《さ》けるための正当防衛《ぼうえい》だと考えたらいいでしょう」

「それでも、お客さまに手をあげたらあかんのどす」

「アメリカ人のお座敷は何時までですか？」

「九時十分までどす」

男が腕時計を見ている。

「お座敷へもどりたいですか？」

「いややけど、もどります。うちは舞妓、お客さまに呼んでいただいたんやし、お座敷は勤《つと》めさせてもらいます」

「立派な心がけですね。あと三十分あります。残りの時間、私が譲《ゆず》ってもらうよう、浮舟のおかあさんに話をつけましょう。そうすれば、あなたは不愉快《ふゆかい》なアメリカ人の顔を見ることもないでしょうから。どうですか？」

どうですか、といわれても、そんなことを勝手にやっていいものかどうか、ぼくにはわからない。アメリカ人のお座敷はどうするんだ？

男は部屋の電話で女将を呼びだして、千代菊を預かっていること、九時十分まで千代菊を借りたいことを話した。

「残りの時間は私が。ええ。千代菊はどこかへ逃げてしまって見つからないっていっておけばいいでしょう。だれですか？　ジャクソン？　よく存じています。じゃ、私からも話しましょう。ええ。丁重《ていちょう》にね。プライドを傷つけないように。それじゃ、ジャクソンのフォローはお願いします」

松代さんがなんて返事したのかわからなかったけど、話はついたらしかった。

「残りの三十分は、芸妓さん一人でなんとかなるそうです。あなたはどこかへ逃げてしまって、見つからないっていってことにしておきました」

「おおきに。お手数をおかけしてしもうて」

ぼくは何度も頭をさげた。

「私の胸にステキな小鳥が飛びこんできた。豪華な振り袖を着た小鳥ですよ。しかも手負《てお》いの小鳥らしい。細い肩が震えている。男ならだれでも助けたくなるでしょう」

「助けていただいたお礼に、なんでもさせてもらいます。キス以外なら」

いったとたん、男が笑いだした。

「それじゃ、私につきあってください。浮舟のおかあさんからもＯＫをいただきましたから」

「へ？」

「大丈夫ですよ。店だしまえの舞妓にキスを強要するほど無粋《ぶすい》じゃないつもりですからね」

そういうなり、男はぼくの手を引っ張って、廊下にでている。

部屋をでてすぐ横に石段があって、地下へ向かっている。

男は石段の降り口にある小さな提灯《ちょうちん》にロウソクを入れた。

まるで時代劇みたいだ。懐中《かいちゅう》電灯じゃなくて提灯にロウソクだもんな。

石段が終わると木戸があって、ちゃんと男物と女物の下駄《げた》が用意してあった。外へでることができるようになっているのだ。

木戸を押し開くと、細い木橋があった。

「あれー、橋どす。川がありますえ」

「白川《しらかわ》ですよ」

「へ？　白川？」

頭の中で祇園北側の地図を思い浮かべてみる。

巽橋《たつみ》から鴨川《かもがわ》に向かって、白川沿《ぞ》いにお茶屋が並んでいるけど、浮舟さんの裏が白川に通じているとは思わなかった。

橋には小さな灯りがともっていた。

男はベストと長袖シャツという軽装でぼくのまえを歩いていく。

背の高い肩幅の広い背中。

何歳くらいの男なんだろう。名前もまだ聞いてない。

「あの、お名前をうかがってもかまへんどっしゃろか？」

後ろから声をかけると、男が橋のまん中で立ちどまって振り向いた。

まっすぐぼくを見ている。目鼻立ちのはっきりした男であることはわかった。

「楡崎慎一郎《にれざきしんいちろう》といいます。あなたは、吉乃家の千代菊さんでしたね」

ぼくは男と白川沿いの道を鴨川に向かってゆっくり並んで歩いている。

ロウソクの炎がちらちら揺れる小さな提灯を、ぼくの手がもっている。時代劇の道行《みちゆ》きみたいだ。

祇園祭の宵山《よいやま》で、人は四条《しじょう》通り界隈《かいわい》に集まっている。白川沿いの道は通る人もいなかった。

川端《かわばた》の柳の木がときどき風に揺れている。

白川に面したお茶屋の窓から灯りが漏《も》れている。

遠くで三味線《しゃみせん》が聞こえている。

歩きながら、楡崎がときどき話しかけてくる。ぼくが自分から話すことはなかったけど、問われれば答えた。

「千代菊、今日が初めてのお座敷だとおっしゃいましたね。どうでした？　ジャクソンのような客もいて、嫌になりましたか？」

「いいえ。やってみてわかりました。うちは、舞妓という仕事が好きどす。おもしろい仕事や思います。ジャクソンさまかて、中学生のうちが、普通やったらお話することもないような、ビジネスの第一戦で活躍なさってるお人どす。今日は、うちが逃げだしてしまいましたけど、仕事したはるおかたのお話を聞くのは、楽しおす」

「ジャクソンは、日本語はほとんどできませんよ。あなたは英語がおできになる？」

「すこおしですけど」

「いいですね。英語ができれば、外国人のお座敷を通訳なしで勤められますね。英語はお好きですか？」

「好きどす。英語で考えてるときと、日本語で考えてるときと、自分がちょっとちがうんどす。そのちがいが、おもしろいさかい」

「たしかに、ことばによって、思考回路も人格も、変わりますね」

「まだまだ、千代菊が知らへんものが、世の中にはぎょうさんあります。そやし、なにがでてくるのか、毎日、生きてるのが楽しおす」

「ステキな生き方ですね。私も、毎日がそうありたいですね」

楡崎が静かにいった。しみじみとしたいい方だった。

鴨川の土手にでた。対岸に納涼床《のうりょうゆか》の提灯が見える。

夏のあいだ、川の上に床をせりだして作る野外お座敷とでもいうようなものだ。納涼床は、暑い京都の夏の風物詩《ふうぶつし》のひとつになっている。

左手に四条大橋が見えた。祇園さんの宵山の晩だから、橋の上を大勢の宵山見物の人たちが歩いている。

楡崎が腕時計を見た。

「九時です。あなたのお座敷はまもなく無事に終了ですね。浮舟へもどりましょう。松代さんが心配するといけませんから」

松代さんが心配すると口ではいっておきながら、楡崎は急ぐ様子もない。ゆっくりとした足どりで、もときた道を歩きはじめた。

ぼくも並んで同じ歩調で歩いている。

白川沿いの道は、色っぽく変身していた。並んでいるお茶屋の灯りひとつとっても、むっちゃ色っぽい。昼間見るときとはぜんぜんちがう。

京都の七月は夜になっても蒸《む》し暑いけど、それでも水の近くだけあって、気分的に少しは涼しい。白川の流れる音が聞こえている。

四条通りでは祇園祭のクライマックス、山鉾巡行《やまぼこじゅんこう》を明日に控《ひか》えて、さぞかしにぎわっているのだろうに、この白川の道は、そんな喧噪《けんそう》からも忘れられているように静かだった。

「ここは、まるで嘘《うそ》のように静かどすなあ」

「だからここが好きなんですよ。祇園南もいいですが、こちらのほうが人気《ひとけ》がなくて落ちつく」

「それに、この道がこんなに色っぽくなるとは知りまへんでした。昼間よりずっと生き生きして、熱く息づいているのが感じられますなあ」

「そうですね。この道は、昼間見せる顔と夜見せる顔と、まったく異《こと》なる」

「どちらがお好きどすか？」

「どちらも好きですね。今夜のように、あなたのような女性といっしょに歩くなら夜がいい」

「夜の白川は、なんや寝間《ねま》で見る女の人みたいに、しどけなくてやさしい」

「ステキな表現だ。千代菊、あなたはまだ店だしまえでしたね」

楡崎が立ちどまって、ぼくをまじまじと眺《なが》めた。背の高い男は、上から見おろしている。

ぼくの家には男といったら宏章しかいないけれど、学校は男子校だし、生徒も先生も男だ。男に免疫がないわけじゃないけれど、こんなふうに熱い眼差《まなざ》しを注がれるのは、ぼくだって慣れていない。

思わず顔を伏せてしまう。なんだかテレくさいのだ。

「舞妓の見習いどす。今日は、姐《ねえ》さんの舞妓ちゃんが急病で、うちはピンチヒッターなんどす。お気にさわったことをいうたかもしれまへん。すんまへん」

「とんでもない。病気になった姐さんは気の毒でしたが、姐さんが病気になったおかげで、私はあなたとお会いできた」

「へ？」

楡崎は声をださないけれど、笑っていた。どういう意味の笑いなのかよくわからない。

男が再び歩きはじめた。

「千代菊は、店だしはいつの予定ですか？」

「まだ決まってえへんのどす」

「今年中ですね」

「見習いの修行がとどこおりなく進めば、そういうことになるやろと思います」

「楽しみですね。店だしして、正式の舞妓になったときのあなたを見てみたい。今でも、すでに義務と責任を自覚しておいでだが、プロとしての活動を始めたら、さぞ魅力的な舞妓になるんでしょうね」

「へ？　うちが？」

「舞妓・千代菊」に将来はない。店だしもない。今夜かぎりで消える舞妓なんだよ。

「今でも、じゅうぶんに魅力的ですが」

ははは。社交辞令だとしても、くすぐったくなるなー。

「ほんまにそうやったら、うれしゅおす。おおきに」

浮舟の木橋のところにもどってきた。

橋を渡って、木戸をくぐって、下駄をぬいだ。

楡崎のあとにぼくも続いた。

ぬいだばかりの二人分の下駄をそろえようと着物のたもとをもってしゃがむと、後ろから楡崎がぼくの肩を両手ではさんだ。

「あなたは、そんなことはやらなくていい。私がやりますよ」

手が伸びて、すばやく下駄をそろえてくれた。

あざやかだった。ぼくが下駄に触れる暇《ひま》を与えなかった。

細い石段は灯りはついていなかった。足もとがおぼつかない。

提灯があるけど、薄暗くてじゅうぶんな明るさとはいえない。

右手で着物の裾を持ち上げて石段に足袋《たび》のつま先を置いたとき、あいている左手の手首がぐいとつかまれた。つかまれた瞬間、ぼくの心臓がドキンと鳴った。

ぼくがよく知ってる男たち、宏ちゃんと顕太は、ふたりともこんなふうにぼくの手首をつかむことはしなかった。大人の男の力強い指先の力は、未知のものだった。

男に手首をつかまれたくらい、どうってことないはずなのに、胸がドキドキして、身体《からだ》がふわふわしている。酒を飲んだわけじゃないのに、酔っぱらったら、きっとこんな気分になるんだろうと思った。

手首をつかまれているだけなのに、腰に腕がまわっているような気持ちだよ。頭がぼんやりしている。

「足もとが危ない。ゆっくりお登りなさい」

「おおきに。大丈夫どす」

楡崎に手をとられたまま、一歩一歩石段を登っていった。

夢見心地《ゆめみごこち》で、なにも考えない頭で、楡崎に手を引かれている。

ぼくが女だったら、こういうシチュエーションは、たまらなくハッピーなんだろうなー。

でも、ぼくは男だし、なんだかよくわからん。


座敷へもどると、芸妓《げいこ》の銀華《ぎんか》さんがきていた。銀華さんは、祇園でも花代売り上げ一、二を争う売れっこ芸妓さんのひとりだ。名前と顔は、ぼくでも知っている。

髷《まげ》をつけて、着物の襟《えり》をそらせて着こなしている芸妓さんは、舞妓とはぜんぜん種類のちがう色香で男たちを異界にいざなう。舞妓が「少女」だとしたら、芸妓は「女」だ。

「シンさん、どこぞへおでかけやったんどすか」

銀華さんの声には、ほっておかれた恨《うら》み節が表れていた。

売れっこ芸妓がお座敷に呼ばれて来てみたら、客は舞妓を連れて遊びにでてしまっている。

自分の立場はどうなるのだ、と怒っているのだ。

楡崎は、銀華さんの立腹に気づいてないはずはないのに、気にとめていない様子を装っていた。見習い舞妓と芸妓のケンカなど、見苦しいし、極力避けたいというのが本音だろう。

ぼくだって避けたい。ぼくは楡崎のお座敷に呼ばれたわけじゃないんだし。

「外へ夕涼みに、鴨川まで、でていましたよ」

「今夜は祇園さんの宵山どすえ。町へでてみとうおす。四条へいってみまひょ。灯《ひ》ぃの入った提灯で飾った山鉾を見るのもええもんどす。なあ、シンさん」

銀華さんは楡崎の腕に手をかけて、甘えるような仕草《しぐさ》と目つきで身体をすり寄せた。

男って人種は、甘えられると悪い気はしないらしい。楡崎は、かすかに笑《え》みを見せている。

「おかあさんが食事の支度《したく》をしているといけない」

「ほな、今からうちが聞いてきます。おかあさんがええ、いわはったら、四条まで、でてみまひょ」

銀華さんは、半だら帯の舞妓など眼中《がんちゅう》にないというように、ぼくを一度も見なかった。きれいだけど、プライドが高そうな芸妓さんだ。

銀華さんは、必要以上に胸をそらせて廊下へでていった。

楡崎は、なにか考えている複雑そうな顔で、銀華さんを見送った。

「これから、四条までおでかけどすか？」

「ここ数年、宵山を見に行けませんでしたしね。久しぶりに、行ってみるのもいいでしょう。千代菊、あなたもいかがですか？　ごいっしょに」

「おおきに。うちには、お座敷がまだ二つありますよて。それに、銀華さんは、楡崎はんとおふたりで見物に行きたい、ってきれいなお顔に書いてはりましたし、うちは遠慮させていただきます」

楡崎にも、銀華さんの気持ちはわかっているのだろう。それ以上、なにもいわなかった。

畳《たたみ》の上に楡崎の上着が置いたままになっている。

ひざまずいて上着を拾うと、後ろへまわってスーツを楡崎に着せかけた。

楡崎が腕を通すのを見て、裾と襟を直す。

座卓の上に、楡崎のと思われる黒い革《かわ》表紙のシステム手帳が置いてある。振り袖のたもとの上にのせて楡崎のまえにさしだした。

楡崎が手帳を受け取って、上着の内ポケットに入れる。

楡崎はくるりとまわって、身体をかがめてぼくの顔をのぞきこんだ。

間接照明だけの薄暗い部屋の中だった。顔をよせても互いに相手の顔は薄暗い影になっていてよくわからない。

「千代菊は、ほんとうに見習いですか？」

「そうどす。ほんまは、まだお座敷へあがることもでけへんのどす。今日は珠菊ちゃんの代わりに特別にあがらさせてもらいました」

「こんなふうに手帳を渡してもらったのは初めてですよ」

「あ、なんや、うちが失礼なことをしたんどすやろか？」

「とんでもない。その反対ですよ」

楡崎はなにを思ったか、入り口の襖の横にあるスイッチに手を伸ばした。

「どんなお顔か拝見《はいけん》したい」

和室の天井の灯りがついた。

ぼくのまえに男が立っている。

顔をあげると、楡崎が見おろしていた。

灯りの下で見る男は、目つきは鋭《するど》く鼻筋がとおっていて冷たい印象《いんしょう》を与える。

ハンサムだけど宏ちゃんとはまるで反対。近寄りがたくて、生き物にたとえるなら、銀色の軟骨《なんこつ》を輝かせて、不敵な表情で人を襲《おそ》う大型のシャーク。銀色の鮫《さめ》だ。

「なんと……」

なにがなんと、なのか知らないけど、ぼくが男であることは気がついていないと思う。

楡崎は両てのひらで、ぼくのほっぺたを包んだ。

温かい手だった。シャークだと思っていたのに、予想に反して手は温かい。

「ジャクソンがあなたにキスしたんでしょう？」

「そうどす。ほっぺただけどすけど……」

「舞妓にキスするなんて『不良外人』だって、徹底抗議するつもりでしたが、これではできそ

うにないですね」

「どうしてどす？」

「あなたを見たら、そんなことはいえなくなりましたよ。ジャクソンの反応は、男なら『不良』どころかきわめて『正常』ですよ」

「へ？」

「千代菊はいくつですか？」

「うちは十三歳どす。まだ中学生どす」

「そうでしたか。それでですね。ほかの舞妓とは、まるでちがう印象を受けるのは」

舞妓は、ずっと昔は、十代前半の少女がやっていた。

今は、ほとんどが中学を卒業してから見習い修行を始める。だから、舞妓として初めてお座敷にでるのは、十六歳から十七歳くらいが一番多い。

中には中学生のときから見習い修行を始める子もいるし、高校を卒業してから舞妓見習いに入る子もいる。二十歳《はたち》を超えてもまだ芸妓にならずに舞妓のままでいるというのも珍しいことではない。

つまり、現代の舞妓ちゃんは、昔より年齢が上になったから、かわいさが半減《はんげん》したという人もいる。ぼくみたいに幼い舞妓ちゃんはいないのだ。

楡崎の手は、ぼくのほっぺたを軽くはさんだままだ。

「天から舞い降りた天女《てんにょ》のようなういういしさですよ。こんな舞妓は見たことがない」

楡崎は鋭い眼を細めて、ぼくを見おろしている。

ぼくの気分としては、狼《おおかみ》さんに見つめられている赤ずきんちゃんだよ。

「シンさん」

廊下から声が聞こえる。銀華さんがもどってきたのだ。

襖があいて銀華さんが顔をだした。

「おかあさんにいうたら、宵山へいってきてもかまへんって」

銀華さんの視線は、ぼくのほっぺたをはさんでいる楡崎の両手の上にとまった。

芸妓の笑顔が、一瞬、引きつった。

それでも、すぐに営業用のあでやかな笑顔に変わる。

このときの氷のように冷たい一瞬を翻訳《ほんやく》すると、こうなる。

「なんやねん、このガキは。シンさんのお座敷に呼ばれてるのは、あんたやないやろ。うちや。とっととでてって。ここは、あんたのお座敷やないで」

「あれあれ。お邪魔《じゃま》どしたん？」

銀華さんはひょうきんそうな声で冷やかすようにいったけど、内心で「嫉妬《しっと》」の二文字が燃えていることくらい、ぼくにもわかった。

「すんまへん。うちはこれで。おおきに」

楡崎の腕からすり抜けると、ぼくは廊下にでて、中庭に沿って伸びている細い廊下を小走りにかけた。さっき、裾をたくし上げて走った廊下だ。

今度は追いかけられているわけじゃなかったから、必死に走る必要はなかった。

玄関にたどりつくと、脇《わき》の小部屋で、宏章がタクシーで迎えに来てくれるのを待っていた。

なんだか疲れたよ。まだ半分終わったところだってのにさ。

慣れない振り袖を着ているせいもあるけど、「少女であること」「舞妓であること」を演じ続けるのに疲れた。早く家にもどって、着物をぬいで寝たいよ。

女将の松代さんが、部屋に入ってきた。

これから、松代さんが、タクシーで次のお座敷へ送り届けてくれるという。

「へ？　宏章さんは？」

「うちが花枝《はなえ》さんに、頼んだんえ。タクシーで千代菊ちゃんを送る役、やらせてもらえへんかって。宏章さんは、お店が忙しいやろしな」

女将としてはもっとも忙しい時間帯だ。しかも、今夜は祇園祭の宵山だというのに、女将みずからタクシーで送ってくれるという。

店を離れて大丈夫なのかな。心配しちゃうよ。

祇園から先斗町《ぽんとちょう》まで、普段なら車で五分も乗らないけど、今日は交通規制があって、タクシーは遠回りをしなくちゃならなかった。

「千代菊ちゃん、どうえ。今日が初めてのお座敷やったんやろ？」

タクシーの後部座席に並んで座っている松代さんがたずねてくる。

無視するわけにもいかないから、礼儀を失《しっ》しないように答えた。

「なんや、緊張して、疲れました」

「そやろなあ。千代菊ちゃんを見ていると、うちが見習いさんのときを思いだして、懐《なつ》かしゅうなったわ。もう三十年もまえのことやのにねー」

松代さんは、遠い眼をしてほほ笑んでいた。松代さんは、舞妓から芸妓をへて、浮舟の女将になったのだ。

「こうしてむりやり送らせてもらったのは、千代菊ちゃんと、もう少しお話ししたかったからえ」

ドキンだ。千代菊の正体がバレたのだろうか。だとしたら、えらいこっちゃ。

女将は、どんな話をしたいというのだ？

探りを入れて、男である証拠をつかもうというのか？

どどーっと汗が吹きでてくる。

「うちと？　なんでどす？」

「それはね、楡崎のボンにびっくりしたんよ」

楡崎のボンというのは、あの男のことだな。ボンって歳《とし》でもないと思うけど。

「ボンが舞妓ちゃんをお座敷に呼ばはったのは、うちが知ってるかぎりで初めてや。舞妓は嫌いやっていうてはったし。どこの舞妓ちゃんやろ、と思ったら、まだ半だらりの見習いさんやないの。びっくりしたわー」

「ボンって、楡崎はんのことどすか？」

「子供のころから知ってるさかい、私にはいつまでたっても、ボンはボン。社長になってもボン。三十すぎてもボン」

「あの方は、子供のころから、祇園へきたはったんどすか？」

「最初はお父さまといっしょに。高校生くらいになると、一人できたはったなあ。生意気《なまいき》な少年やった」

懐かしそうな声だった。

あの男、高校生のときからお座敷通いしてたって？　生意気すぎるよ。

顕太みたく一回くらい遊ぶことはできても、高校生が祇園へ通うってことは、普通じゃできないよ。金もあるうちの息子なんだろうな。

「それが、あないに立派《りっぱ》にならはって」

声の調子から察《さっ》するに、松代さんは楡崎に好意的だ。

「楡崎はんは、なんで舞妓がお嫌いなんどすの？」

「子供は話し相手にならないから、つまらないって、まえからはっきりいうてはった。それが、今夜は舞妓ちゃんを連れて、裏の木戸から外へでていかはった。吉乃家の見習いの舞妓ちゃんを連れて」

膝《ひざ》の上に置いていたぼくの手の上に、松代さんが軽く手を置いた。

「けど、千代菊ちゃんやったら、楡崎のぼんの舞妓嫌いを覆《くつがえ》すことかて、でけそうな気ぃがするわ。千代菊ちゃん、はよ、店だしして、一人前の舞妓としておきばりやす。うちも応援させてもらいますえ」

「おおきに」

といいながらも、「千代菊」が店だしするワケないんだし、松代さんの気持ちをありがたくちょうだいしても、どうしていいのか困った。

「花枝さんも、千代菊ちゃんのこと、眼ぇを細めて見たはるのやろな。この見習いさんがどんな舞妓ちゃんになるのか、うちも楽しみやわ」

松代さんはおかあちゃんと仲良しだ。本心から舞妓・千代菊の成長を楽しみにしていることを、はずんだ声からくみとることができる。

「あの、浮舟のおかあはん、さっきは、うちが逃げだして、アメリカ人のお客さまは、さぞかし怒ったはりましたんやろ思います。浮舟はんに迷惑《めいわく》をかけてしもうて、ほんまにすんまへん。初めての晩にこんな様子やったら、うちは舞妓失格どすなあ」

「おふたりのアメリカ人のお客さまのことは大丈夫え。慎一郎はんがフォローに入ってくれはったから」

「楡崎はんが？　いつどす？」

「千代菊ちゃんがタクシーを待ってはったときや。応接室で、おふたりに英語で説明しはった。シンさんは、あの方たちのお一人、ジャクソンさんとは、まえからの知りあいなんやそうや。初対面の舞妓にキスするのはマナー違反やって、シンさんが説明しはった。そしたら、ジャクソンさんがいわはんのえ。あんなかわいい女性は見たことないって。チヨギクは日本人形よりキュートでチャーミングやって。そやし、魔法にかかったんやって。普通やったら、お座敷でキスなんてせえへんって。それくらい、紳士のマナーとして心得ているって。恥ずかしい話や、千代菊ちゃんに、あやまらなあかん、っていうてはったえ」

「謝《あやま》らなアカンのは、うちのほうどす。お座敷でお客さまに手をあげたなんて、最低どす。すんまへん」

「そないに気にせんと、ええねんや。なんにも心配することはあらへん。花枝さんには黙っとくさかい」

「すんまへん。おかあはん。うち、楡崎はんには改めてお礼を申し上げます。ジャクソンさんにも、お詫《わ》びをいれときます」

「そやね。そうしてくれはったらええ」

タクシーが三条通りの先斗町筋《すじ》へ入るところでとまった。先斗町通りは狭《せま》すぎてタクシーが入っていくことができないから、ここからは歩いていくのだ。

松代さんにお礼をいって、一人で福乃井《ふくのい》に向かって歩きだした。

九時二十分から十時二十分まで。先斗町のお茶屋、福乃井。

宝石商の三木本《みきもと》さんと、若手の人気ナンバーワン歌舞伎《かぶき》俳優、音羽丸《おとわまる》さんのお座敷。菊弥《きくや》ちゃんといっしょ。これは川床《かわゆか》でのお座敷。

川床は、初夏から秋が始まるまで、桟敷《さじき》を鴨川に張りだしてしつらえた海の家みたいなものだ。天井はない。屋外で、川の流れに耳を傾けながら夏の夕《ゆう》べを楽しむ。

京都の夏は夜でも暑いし、蒸《む》すし、蚊《か》はいるし、実際は見かけほど風流《ふうりゅう》ではないのに、川床のムードを楽しむお客さままで人気があった。

その後は、今夜の最後のお座敷で、十時三十分から十一時三十分まで。花見小路《はなみこうじ》のお茶屋、山《やま》はな。京都着物組合のお座敷。これで、今夜のノルマは終わる。

あと、お座敷が二つ。よーし、がんばるぞー。

今のところ、千代菊の正体が男だとは、バレていない、と思う。

第三章　ミラクル・シャーク

「ただいまー」

やっと、やっと、吉乃家《よしのや》の玄関にもどってきた。

バンザーイ！　男だとバレずにもどってくることができた。

我《われ》ながら、りっぱだよー。

おかあちゃんが、茶の間からでてきた。ぼくの帰りを待ちかねていたって様子だな。

「おかえりー。ごくろうさん。どうやった？」

おかあちゃんの声にも、安堵《あんど》の色が見える。

息子を舞妓《まいこ》に仕立てて、さすがの吉乃家の女将《おかみ》も心配だったとみえる。

「バレてへんと思うわ」

茶の間に入って、置き時計を見ると、十二時十五分。

もう十二時すぎていたんだ。時計はもっていなかったから、時間はわからなかった。

時間を知ったとたん、どどーっと疲れを感じた。早く着物を脱ぎたいー。

「おなか、すいてえへんか？　お夜食、作ろか？」

「今、食べたばっかり。最後のお座敷の一越《いちこし》さんっておじさんが、粋苑《すいえん》でお好み焼きをおごってくれた」

粋苑は、吉乃家から歩いて三分くらいのところにある高級和風バーで、お好み焼きもだしてくれる。

「お好み焼きをねえ。羨《うらや》ましいわねー。粋苑なんて高級なお店、めったに入れえへんで。宏章《ひろあき》が送ってくれたんやなかったの？」

「一越さんが、吉乃家のまえまで送ってくれた」

「へえー。お客さまに送らせるとは、たいした舞妓ちゃんやなー」

「送らせたんじゃないよ。送りたがるんだよ。浮舟《うきふね》のおかあさんと音羽丸《おとわまる》さんも、送ってくれた。ぼくが頼んだんじゃないからね。宏ちゃんは、シャレードにもどったよ。みんな暇《ひま》なのかなー」

「なにいうとんのよ。みなさん、少しでも千代菊《ちよぎく》といっしょにいたいということやろ。別れるのが惜《お》しいからえ」

「まさかー」

そんなはずないよー。ぼくは見習い舞妓の格好してた。帯も半だらりで、本物の舞妓ちゃんに比《くら》べたら、色気はないよー。

「着物をぬぎたいよ」

おかあちゃんの寝室でぬぐことになった。おかあちゃんの寝室は、茶の間の奥にあって、八畳《じょう》の和室だけど、ベッドが置いてあった。

帯をほどいて、振り袖《そで》をぬいだ。おかあちゃんが手伝ってくれる。

ベッドサイドに小型のテレビがあって、テレビの横の文机《ふづくえ》の上に、カトレアのブーケが置いてあった。薄紫《うすむらさき》のでっかいカトレアの花が三つ、白いレースのリボンで束《たば》ねてある。すんげー高価そうなブーケ。

お客さまから、舞妓ちゃんか芸妓《げいこ》さんへのプレゼントだろう。

花束は、都《みやこ》をどりの初日とか、だれかの誕生日とかに、お客さまからいただくけど、カトレアを見たのは初めてだな。

あんな豪華で高そうなブーケを贈ってくるってことは、よっぽどのぼせてるんだろうな。だれへのプレゼントなんだろうか。

でも、ヘンだな。お客さまからのプレゼントは、いつも茶の間に置いてある。

おかあちゃんの寝室に置くってことは、おかあちゃんがもらったのか？　あんな豪華なブーケを？

足袋《たび》もぬいで、浴衣《ゆかた》に着替えた。かんざしもはずした。

「風呂に入って、化粧《けしょう》を落として、髷《まげ》もつぶしてくるよ」

「ちょと待ってよ。風呂に入るまえに、今日の報告を聞かせてちょうだい」

おかあちゃんとさしで向かい合って、夏の畳表《たたみおもて》の座布団《ざぶとん》の上に座らされた。

大隅《おおすみ》旅館の顕太《けんた》のお座敷から始まって、アメリカ人のお座敷、三木本《みきもと》さんと歌舞伎《かぶき》役者の音羽丸さんのお座敷、最後の着物組合のお座敷と、順を追って報告した。

アメリカ人のお座敷を逃げだして、楡崎《にれざき》という男に助けてもらったことは黙っていた。逃げだしたなんていったら、叱《しか》られるよ。

浮舟のおかああさんは、ぼくが逃げたことをおかあちゃんには黙っていてくれるといってたし、ぼくが黙ってればバレない。

「顕太くんには、ほんとにバレなかったの？」

「バレてないと思う。あいつと鉢合《はちあ》わせしたときは、どっひゃーだったけど。あいつがお座敷にいるなんて、思わなかったし」

「顕太くん、ほんとはミキだってわかってて、だまされてるフリしてたんじゃないの？　ミキがコスプレしてると思って、調子を合わせていたとかさ」

えええー。おかあちゃんの鋭《するど》い意見に、ドキッとする。

でも、顕太はそんな感じじゃなかった。美希也《みきや》と千代菊が従姉弟《いとこ》だっていったら、納得してたし。

「大丈夫、バレてなかったと思うよ。でもさー、顕太には、悪いことしたかなー」

「どうして？」

「千代菊なんて舞妓はいないのに、ぼくにだまされてさ」

「だまされたっていいじゃないの、覚めない夢なら」

「夢から覚めたら気がつくよ。千代菊なんて舞妓は存在しなかったんだって」

「夢が覚めないようにするのが私たちの仕事なのよ。お客さまに夢の時間と空間を提供するの」

そうかもしれないけどさ。

ドッキ。楡崎だって。

「楡崎さんのお座敷には、あんた、呼ばれてないわよね」

なんでおかあちゃんの口から楡崎の名前がでてくるんだよ。

ぼくがジャクソンを殴《なぐ》ったことが、もしかして、おかあちゃんにバレてる？

なにをいわれるのかと、びくびくしながら、座布団の上に正座して、小さくなっていた。

「楡崎って、楡崎慎一郎《しんいちろう》のこと？　今夜のスケジュールには入っていなかったけど……」

「じゃ、どうして、あんたに花が届くの？」

おかあちゃんが、文机の上のカトレアのブーケを指さした。

あの豪華な花束は、楡崎から千代菊へのプレゼント？

「あんたに、楡崎さんから届いているわよ」

「なんで？」

「こっちが聞きたいわよ。カードが添えてあるから、見たらわかるでしょう」

おかあちゃんが文机の上に置いてあったブーケのあいだにはさんであった封筒をとって、ぼくによこした。

開いてみると、ワープロ打ちのカードがでてきた。

千代菊さま
今夜は楽しく過ごさせていただきました。

ほんとに偶然のできごとであなたをお助けしたのですが、私には幸運な遭遇《そうぐう》だったと、運命の女神に感謝しています。

浮舟の奥座敷で、ジャクソンに追われて逃げてきた小さな身体《からだ》を抱きよせたとき、まるで少年時代にタイムスリップしたように一瞬錯覚《さっかく》しました。

初めて恋しい女性を抱きよせたときのように、呼吸をするのも苦しかった、といっても信じてくださらないかもしれませんね。

至福《しふく》の時間をくださったあなたに、お礼をしたいと思っています。

明日、嵯峨野《さがの》にある小倉《おぐら》山荘の随心庵《ずいしんあん》に千代菊さんのためにお茶席をもうけました。おいでいただけたら幸いです。

お受けいただけるときは、夕方六時に吉乃家へ車でお迎えにあがります。

榆崎慎一郎

最後のサインは手書き文字だった。濃紺《のうこん》のインクで書かれた、かなり達筆《たっぴつ》な文字だ。

メッセージ・カードの裏側に、ただしがきが書いてあった。


最初に、随心庵でお抹茶《まっちゃ》をいただきます。亭主は楡崎慎一郎。

そのあと、京懐石《かいせき》の夕食をいただきます。

お料理を楽しむために、お茶席は先にもうけました。


「なにこれ？　ナンパなの？」

カードをおかあちゃんに渡すと、おかあちゃんは文字を眼《め》で追っていた。

「楡崎グループのプリンスが、あんたをお茶席に招待しようっていってるんじゃないの。すごいわねー。でも、なんで、あんたを？」

「そんなの、こっちが聞きたいよ」

おかあちゃんが、カードをひっくり返して裏側を見ている。

「カードの裏にある注意書きみたいのはなに？」

「茶懐石は、先にお料理があって、あとでお濃茶《こいちゃ》とおうすをいただくのよ。お茶をいただくのが目的だから、お料理は控《ひか》えめに供される。でも、明日のは、お料理がメインってことよ。だからお茶を先に軽くすませますって」

要は、茶懐石が、どんなものか、ぼくにはわからないから、説明してもらっても、ピンとこない。

お茶より食事が目的だってことだ。

「ねえ、楽しく過ごさせていただきました、って書いてあるじゃないの。どういうこと？　あんた、楡崎さんとお会いしたの？」

おかあちゃんが、カードを見ながらいう。

これじゃ、知らぬ存ぜぬは、とおりそうにない。

「あいつ、浮舟にいたんだよ。それで、廊下で顔を合わせた」

「抱きよせたってのはなによ。ジャクソンに追われたってのは、どういうことよ」

「それはねー、えーと……」

ジャクソンにお座敷でキスされそうになって、ひっぱたいて、逃げだしたことを、簡単に報告した。

「で、楡崎って男が助けてくれて、ジャクソンのお座敷にもどらなくていいように、残ってる千代菊の時間を買い上げてくれた」

「あらまあ。お客さまをぶんなぐるなんて、とんでもない舞妓ちゃんよ」

「ぶん殴ったんじゃないよー。ちょっとひっぱたいただけだよ」

「ぶんなぐったも、ひっぱたいたも、同じよ」

ぼくは座布団から、身体を乗りだした。

「ジャクソンがキスを迫ってきたんだよ。初対面でそんなことするやつが悪い！」

「でも、殴ったあんたは、もっと悪い」

「そりゃ、そうかもしれないけど」

「吉乃家だけじゃなくて、浮舟さんの名誉《めいよ》にもかかわる問題になるじゃないの。浮舟さんのお座敷で殴られたって噂《うわさ》がでまわったら、浮舟さんにまで迷惑《めいわく》をかけることになるじゃないの。あんただって、屋形《やかた》の息子なら、それくらいわかってるでしょう」

お客さまが大事なのはわかるけど、マナーの悪い客はこらしめてやったっていいと思うけどな。でも口答えしないで、黙っていた。

「でも、まあ、楡崎グループの若き総帥《そうすい》に助けてもらったのは、不幸中の幸いだったわね」

なんとなく、楡崎の名前を口にするとき、おかあちゃんの声が艶《つや》っぽくなると思うのは、気のせいだろうか？

「若くはなかったよ。オヤジだった」

「オヤジじゃないわよ。実業界じゃ、あれくらいではまだ若造《わかぞう》よ。あのプレイボーイが、店だしもしてない舞妓を別荘に招待するなんてね。信じられないわよ。楡崎さんは、祇園《ぎおん》へ遊びにみえても、芸妓さんだけを呼ぶのよ。舞妓遊びはお嫌いだとか。それが、どうして千代菊を？

千代菊がお気に召《め》したのかしら」

「ただのロリコンだってことじゃないの？」

「ただのロリコンじゃないわよ。大金持ちのロリコンは、宝の山をもってるのよ」

「だとしても、ぼくには関係ないよ」

「関西実業界のプリンスにブーケを贈られた気分はどう？」

「ボケーッ」

「なによ、それ」

「なんとも思わないよ。だって、ぼくがもらったんじゃないもん。千代菊がもらったんだよ。ぼくと千代菊は別人だよ。だから、千代菊のことは、ぼくには関係ないってこと」

おかあちゃんは、楡崎のカードをもう一回見て、顔をあげた。

「ここにさー、抱きよせたって書いてあるじゃないの。これ、どういうこと？」

ジャクソンが追いかけてくるので、楡崎が男女のラブシーンみたいに見せかけて、それで追っ手を逃《のが》れることができたことを説明した。

「畳《たたみ》の上に寝かされて、だっこしてもらったんだよ。あいつ、すげー慣れてるみたいだった。ぼくの髷がつぶれないように、首の下に片方の腕を入れて支《ささ》えてくれるんだよ」

おかあちゃんがキャーと小さく叫んだ。頬《ほお》に両手をあてている。

「うっそー、そんなの羨《うらや》ましいわー。いいわねー」

キャーキャーいってるところを見ると、おかあちゃんは楡崎慎一郎が好みらしい。

「あいつ、おかあちゃんのタイプなわけ？」

「あたりまえでしょう。社長、お金持ち、インテリ、容姿もかなりいけてる。背も高い」

「へえ、キザなヤローだったけど」

「キザだからいいんじゃないの。ダサいモサより、ダンディーなハンサムのほうがいいわよ」

「かもね。でも、ぼくは男だからね。なんとも思わないよ」

「そりゃそうねー」

簡単に納得してしまうのがおかあちゃんだ。

なにかあっても、あっさり認める。いい性格だ。

「カトレアのブーケはどうしようか」

「千代菊ちゃんがもらったんだから、離れのお部屋に飾ったらいいのよ」

ぼくは花束をかかえて、カードを元あったように花のあいだにはさんだ。

「楡崎慎一郎からの明日の招待は、断ってよね。ぼくのピンチヒッターは、もう終わったんだから。千代菊なんて舞妓は、明日はいないんだよ」

「そういうわけにもいかないわね」

聞きまちがいかと思った。

おかあちゃんを見ると、上目《うわめ》づかいにぼくを見ている。

「そういわけにもいかない、ってどういうこと？」

「このご招待は、断るわけにはいかないってことよ」

「どうして」

「楡崎さんには、慎一郎さんのお父さまの代から、祇園全体が、ものすごーくお世話になってるのよ。断るなんて、無理よ」

「へ？　無理？　無理っていっても、こっちも無理だよ。千代菊は今日かぎりの予定だよ」

おかあちゃんは、むつかしい顔をして、なにか考えていた。

「断ってよ。急病とか」

「珠菊《たまぎく》ちゃんが急病なのよ。千代菊まで急病だったら、吉乃家は伝染病《でんせんびょう》でもはやってるのかって噂になるじゃないの」

「だったら、千代菊は置屋《おきや》から逃げた」

「それもだめよ。千代菊のイメージダウンになるし、吉乃家のイメージダウンにもなるわよ」

「それじゃ、実家で親が病気になったとかは？　看病の手がいるので、しばらく実家にもどる。じきに祇園にもどって来れると思いますけど、って一応いっておく。ほんとはもどってこない。そのうちに、みんな千代菊のことは忘れる」

「ふむ。そうね。それでいきましょ。千代菊はミキの従姉《いとこ》。私の姪《めい》。赤の他人じゃないわ。そういう子に、修業途中で逃げだしてもらいたくないものね」

なるほどね。おかあちゃんの気持ちもわかる。

「じゃ、実家の事情で、実家へもどったということにしてよ。それならいいよね」

「でもね、明日の招待は受けるわよ。昨日の今日よ。楡崎さんのお座敷をお受けしてから、千代菊は実家へもどることにしましょう」

「えええ――――。やだよー。また明日一日、男だってバレやしないか、びくびくしなきゃならないじゃないかー」

おかあちゃんは気楽にいうけど、演じているぼくとしては、すんごく大変な思いをしているんだから。ぼくの苦労を、ぜんぜんわかってないな。

「びくびくしないで、楽しんでらっしゃい。実業界のプリンスが、見習い舞妓に招待状をくださるなんて前代未聞《ぜんだいみもん》よ」

おかあちゃん、ほんとは、自分が行きたいんじゃないのかなー。

今日かぎりだから、舞妓に扮《ふん》したのに。明日もやるなんて、そんなの予定になかったよー。

「おかあちゃんは、ぼくに舞妓の格好させて、バレたら困るだろうなーとか、心配しないわけ？」

「するわよ。もしバレたら、祇園で吉乃家を続けていかれるかどうか、わからないわね」

「それなら、ぼくの身代わり舞妓は、今夜だけにしておくべきだよ」

「あんた、楡崎さんを知らないからよ。楡崎さんはね、お父様の源一郎《げんいちろう》さんの時代から、祇園のためにお力添《ぞ》えをしてくださってるのよ。息子の慎一郎さんに代替わりしてからも、祇園町全体がお世話になってるの。楡崎さんのご機嫌を損《そこ》ねたら、吉乃家だけじゃなくて、祇園全体が困ることになるわ」

「あいつ、そんなすごい権力者なの？」

「お若いけど、関西実業界に君臨《くんりん》している帝王よ」

「じゃ、おかあちゃんは、どうしたいわけ？　千代菊に、招待を受けろっていうことだね」

「そういうこと。楡崎さんの招待なら、場所も、器《うつわ》も、料理も、第一級のものがでると思うわよ。お茶とお料理を楽しんでらっしゃいよ」

ふむ。おかあちゃんは、もう一回、ぼくを舞妓ちゃんにさせたいんだな。

なるほどねー。だから髷をつぶすなっていったんだ。

「それって、命令？　それとも自由選択？」

おかあちゃんを上目づかいに見ると、眉《まゆ》をつり上げた。

「命令よ。吉乃家の女将として、舞妓・千代菊に命令するわ」

「わかったよ。嵯峨野のなんとか山荘へいくよ」

「小倉山荘よ。楡崎家の嵯峨野の別荘よ」

嵯峨野に別荘があるなんてさ。いいねー。

どうすると大金持ちになれるんだろうねー。

「明日の朝イチで、了承《りようしよう》のお返事をしておくわよ。お風呂へ入って化粧を落としても、髷は
つぶさないでね」

「箱枕《はこまくら》を使うわけ？」

「そうよ。私のを貸してあげる」

「うっへー。あんな枕で眠れるワケないじゃん」

「一日だけよ」

「ほんとに一日だけだからね」

箱枕というのは、時代劇で寝るとき首にあてる小さな枕のことだ。舞妓ちゃんは、毎日、あ
の時代劇の枕を使っている。

離れにもどって、ブーケのリボンをひもといた。

ビールのジョッキに水を入れて、ブーケのままバラさないでつっこんだ。

紫の花弁が豪華なカトレアのブーケだった。

化粧を落として風呂に入った。明日があるから髷を崩《くず》すことはできない。あと一日、このま
まの頭でいるのかと思うと、気が重くなる。

風呂からあがって、パジャマに着替えて、自分の部屋にもどった。

箱枕を首の下にあてて、布団《ふとん》の上に横になった。首が痛い。

舞妓はこんな枕で寝ているのかと思うと、改めて大変だなーと思う。

外から見てきれいなものは、維持《いじ》するのに大変な労力が必要なんだな。建物でも庭園でも人間でも。

今夜は四つのお座敷にでて、ほんとうの舞妓ちゃんたちが経験していることを実際に体験した。

お客さまもみんなちがった。でも、どのお座敷もぼくには珍《めずら》しかったし、楽しかった。

アメリカ人のお座敷では、お客さまをひっぱたいちゃった。あのとき助けてくれた楡崎という男には、丸だしの両脚《あし》を見られてしまったし、ドジばっかりふんでるよ。

楡崎はプレイボーイだっておかあちゃんがいってたけど、「千代菊」にもキザなせりふを吐《は》いてた。

今日あった男の人たちは、みんな、ほんとは珠菊ちゃんが会うはずの人たちだ。でも、ぼくが会った。

舞妓という仕事、若い女の子がやる仕事の中では、修行も大変だろうけど、各界の第一級の男たちと会って話したりできるという点で、おもしろい仕事だと思う。中には不愉快《ふゆかい》な客もいるのだろうけどね。

みんな千代菊という舞妓を女の子だと思っている。千代菊をかわいがってくださるけど、ぼくがかわいがってもらっていると思ったことは、一度もなかった。珍しいのは舞妓の千代菊であって、岡村《おかむら》美希也をほめてくれているわけじゃないのだ。

襖《ふすま》がノックされて、宏章が顔をのぞかせた。シャレードからもどってきたのだ。

離れの二階の隣合わせの部屋に、ぼくと宏章は暮らしている。

宏章は、初めのお座敷にはついていてくれたけど、途中から、宏章の代わりに送りたがる人が現れて、いつものようにシャレードへ入っていた。今夜は宵山《よいやま》で、シャレードも人手がほしかったのだ。

「どうだった？　首尾《しゅび》よくできたのか？」

ぼくと眼が合ったとたん、宏章はゲラゲラ笑いだした。

宏章は、ぼくの部屋に入ってくる。

「なにがおかしいんだよ」

「すげー格好だなー。男物のパジャマ着て、頭は割《わ》れしのぶだもんな。髷をつぶさなかったのか？」

「しょうがないじゃん。もう一日、この頭でいる必要があるんだから」

明日、「千代菊」が、楡崎の小倉山荘へ招かれていることを話した。

宏章がぼくの顔を見ながらニヤついている。

「なにかいいたいんだね。宏ちゃん。いったら？」

「ミキ、今日はチョーかわいかったな」

「へっ、振り袖きて顔を白くぬったらだれだってああなる。宏ちゃんだってなるんだよ」

「ならないよ。ミキは、もともとの顔の造作《ぞうさく》がかわいいんだよ。男だなんて、だれも思わないさ。着付けをしてる俺だって、胸キュンだったし」

「なにそれー。胸キュンって」

「千代菊がニコッなんて笑うと、ミキだってこと忘れて、身体が熱くなっちゃうってことだよ」

「へ？　すごいじゃん。クールなインテリぶりがウリの宏ちゃんが熱くなるなんてさ」

冗談《じょうだん》めかして宏章の顔をのぞきこむと、人差し指が伸びてきて、ぼくのほっぺたにチョンと触れた。

「バーカ。俺のどこがクールなインテリだよ。それよか、ミキのがすごいよ。まったく、信じられない変身ぶりだった。花枝《はなえ》さんも、まんざらじゃなかったみたいだな」

ぼくは布団から起きあがって、出窓のカーテンを引いた。さっきつけたエアコンが、やっと効き始めた。

「おまえ、お座敷でお客さまを殴ったんだって？」

振り返ると、宏章が冷やかすような顔で半分笑っていた。

「花枝さんに聞いたぞ。アメリカ人をふたりぶんなぐって、お座敷を放りだして逃げたんだぞうだな。勇敢《ゆうかん》な見習いさんだ」

「ふたりじゃないよ。一人だけだよ。それに、ぶんなぐってないからね。ちょっとひっぱたいただけだから。だってさ、相手が悪いんだよ。お座敷で、いきなりキスしようとするんだもん。ざけんじゃねーよ、だよ、まったく」

宏章と並んで、畳《たたみ》の上に座っている。かすかに酒の匂《にお》いがした。

宏ちゃんが飲んでる？

シャレードのバーテンをやってる宏章だけど、仕事中、自分から飲むことはまずない。

宏章が飲むのは、どうしても断れない客から勧《すす》められたときだけだ。

今夜は、だれかに飲まされたんだろうか？

大学院でギリシャ哲学を研究しているぼくの従兄《いとこ》は、ぼくよりも一回り年上だけれど、ときどきぼくは心配になる。宏章を狙《ねら》ってる悪い虫が、男も女も、いっぱいいるからね。宏章は気がついているんだか、知らないいんだか。よくわからない。虫のおかげで宏章の店が繁盛《はんじょう》しているのも否定《ひてい》できないけどさ。

ぼくが一番好きな宏ちゃんは、ワケわかんないギリシャ文字の本を机の上に開いて、哲学に没頭《ぼっとう》しているときだ。

ぼくの誇《ほこ》り、ギリシャ哲学者の宏章を悪い虫から護《まも》ること、それが同居人のぼくの任務だと思ってる。

「そのあとは楡崎慎一郎に助けられたんだって？　千代菊は運が強いぞ。見習いさんのときから、あの御曹司《おんぞうし》に気に入られちゃうなんてさ。お座敷のあと、楡崎からカトレアのブーケが届いたっていうじゃないか。明日、楡崎の山荘に招待されてるんだって？」

「楡崎って、宏ちゃん知ってるの？」

「シャレードに飲みにくるときもあるからね」

「自信たっぷりで押しだしの強い男だったけど、有名人？」

「超がつく有名人だよ。若いのに楡崎グループを束ねて、それなりの業績をあげてる。関西実業界の生まれながらの貴公子っていわれてる」

「楡崎グループって、どういうグループ？」

「デパート、病院、ホテル、レジャーランド、ゴルフ場、不動産会社、鉄道、タクシー、観光会社、ノンバンク、その他いろいろな企業を傘下《さんか》におさめている。種々雑多な企業がありすぎて、なにがメイン企業なのかわからないけどね」

なんだか、よくわからないけど、すごいらしいということだけはわかった。

「最初の会社を興《おこ》したのは、あいつのオヤジさ。楡崎の家が幸運だったのは、二代目がバカボンじゃなくてオヤジにも負けないやり手だったことさ。外国語にも堪能《たんのう》で、海外の要人に知己《ちき》が多いって話だ」

宏章が物知りなので驚いた。

「宏ちゃん、詳《くわ》しいじゃん」

「それだけあいつが有名人だってことだよ。それにね、俺は商売柄、情報は自然に耳に入ってくるのさ。楡崎のことは、芸妓さんたちがしょっちゅう話題にしてるし」

「芸妓の銀華《ぎんか》さんと親しそうだったよ」

「みたいだな。それも噂になってる」

「あいつ、銀華さんとエッチしてるのかな」

「バーカ、中学生は、そんなこと考えなくていいの」

「でもねー、銀華さん、べたべた甘えてたし。見え見えだったよ。ぜったい、あいつら、そういう関係だ」

ぼくが力説したので、宏章が声をだささずに笑っている。

「楡崎ってどこの会社の社長？」

「どこの会社ってことはない」

「社長じゃないの？」

「社長よりもう一つ上。楡崎グループ全体を統轄《とうかつ》する総帥《そうすい》さ」

「関西連合の総元締《もとじ》めみたいなもん？」

「んーん…ちょっとちがうけど、まあ似てるかもね。企業買収の鬼《おに》。無慈悲《むじひ》な帝王、冷血漢《れいけつかん》、楡崎の血は赤くないって噂だ」

「へ？　赤くないなら何色？」

「青さ。青い血が流れてる〈シャーク〉だっていわれてる」

「へえー、鮫《さめ》か」

ぼくがお座敷の灯《あか》りの下で、初めてあいつの顔を見たときに受けた印象《いんしょう》と同じだった。

「傾きかけた会社を巨大な口で食《く》いつくす鮫」

「食われた会社はどうなるの？　死んじゃうの？」

「映画じゃ、鮫に食われると人は死ぬけどね。あいつに食われた会社は、冷徹かつ徹底的な合理化で持ち直す。だから中には自力じゃもちそうもないと判断した経営者が、自分から進んで身売りしてくるケースもあるくらいさ。楡崎の手に渡せば、会社と社員の両方を救えるって判断してね。瀕死《ひんし》の企業を奇跡《きせき》的に再生させるんでミラクル・シャークなんて呼ぶ雑誌もあるよ。冷静沈着《ちんちゃく》。明晰《めいせき》な頭脳。的確な状況判断と迅速《じんそく》な対応力。経営者としての資質はあますところなく備えているという話だ」

「へえー、そんなやつだったのかー。そんな深海鮫が花街《かがい》で芸妓さんと遊んでるのか」

「息抜きだろ」

「あいつ、結婚してるの？」

「今は独身だよ。数年まえに離婚した。当時は週刊誌で騒がれてたから俺でも知ってる話だ」

「バツイチなのかー。どうせ、派手《はで》に浮気したんで、奥さんが怒って、でてったんだよ」

「ちがう」

「へ？」

宏章が短く否定したので驚いた。

「たしかに、あいつの女ったらしぶりは祇園でも有名さ。いろんな芸妓と浮《う》き名《な》を流してる。だけど、それは奥さんに逃げられてからだ」

「逃げられたの？」

「元ミスユニバースの菱松財閥《ひしまつざいばつ》令嬢と政略結婚して、そこまではめでたしめでたしだったんだけどさ、その美人の奥さんが若い男と逃げたんだよ」

「へえ、妻に逃げられた深海鮫かー。あいつが若い男に負けたなんて、なんかおもしろいー」

「美女が楡崎グループの御曹司を捨てて文無《もんな》しの男に走ったってので、当時は騒がれてた」

「ひーえ、信じらんないなー。御曹司が捨てられたなんてさ、世の中、嬉《うれ》しくなるじゃん。負け犬になった御曹司。手負《てお》いの深海鮫。ちょっとイイ話じゃん」

「まあね、だけど、あいつはそんな噂も蹴散《けち》らして驀進《ばくしん》中さ。この不況の中にあっても、楡崎グループは業績を伸ばし続けてる」

「ってことは、それなりに実業家としては評価されてるわけだ」

「実業家としてはね。ただし、効率主義に徹《てっ》している分、不要部分の切り捨ても容赦《ようしゃ》ないらしい。スパーンと切るから、弱りかけている企業の体質を改善できる。その代わり、切り捨てられた者から見たら、血も涙もない冷血漢ってことになる」

「そうなると、人から恨《うら》みをかうことも多いんだろうね」

「人だけじゃないさ。企業からも恨みをかう。敵も多い。経営者としての才を評価する側と、情け容赦のないところを嫌う者と、はっきり評価が別れてる」

「へえ、そんなやつだったのかー。宏ちゃんの眼から見て、どうなの？　いいやつ？　悪いやつ？」

「シャレードでは、上客だからね、悪くはいえないさ」

悪くはいえないといいながら、宏ちゃんの声は、「悪いやつだよ」といってるも同然だった。いかにもイヤらしくいったからだ。

「じゃあ、いいか悪いか、じゃなくて、宏ちゃんは好きなタイプ？　友だちになりたいと思う？」

「なりたくない」

即答だったので、笑ってしまった。

「どうして」

「傲慢《ごうまん》。自信過剰《かじょう》」

たしかに、押しだしが強くて、自分の思うとおりにやってしまうタイプだったな。

「なんでも金にものをいわせて片《かた》をつけるのも気に入らないな。実際、あいつが提示する金額が巨大だから、人の心も金で買えちゃうんだよな。そのへんが、俺みたいな貧乏学生から見たら、いまいましい男なんだよ」

「人の心も金で買うやつなの？　あいつ」

「そういう哲学をもってるやつだ。ミキは、あいつに助けられて、話をしたんだろ？　どう思った？」

「第一印象、ドキザな男。ことばづかいもカッコつけてさー。助けてもらった恩はあるけど、ああいうタイプって、友だちの中にはいないから、最初、びっくりだったよ。あいつがなにかいうと、ぼくは挑戦したくなるな」

「挑戦って、なにを挑戦するんだ？」

「たとえばさ、あいつ、なんでかしらないけど、舞妓が嫌いなんだって。浮舟の松代《まつよ》さんがいってた。舞妓は子供だから、あいつの話し相手にはならないんだってさ」

「知ってるよ。楡崎の舞妓嫌いは有名だよ」

宏章も知ってるとなると、ホントに有名な話なんだ。

「そんなに嫌いなら、挑戦してやろうじゃないの、ってさ。舞妓のなにが嫌いなんだよ、って」

「へえ。それでか。千代菊が山荘に招待されたのも、楡崎が挑戦を受けて立ったからなのか」

「まさかー、そんな気持ちになるって思っただけさ。実際には、挑戦なんてしてないよ。千代菊は一日で消えるはずの舞妓だから、おとなしくした」

「千代菊が楡崎の山荘に招待されたことを、ほかの屋形のおかあさんが知ったら、腹の中でどう思うかな」

宏章のいってる意味が、よくわからなかった。

「どうって?」

「楡崎は舞妓嫌いでとおってるけど、舞妓をかかえている屋形のおかあさんは、もしかして、うちの舞妓ちゃんが楡崎の心をつかんでくれるかもしれないと思ってるだろ? 舞妓嫌いの楡崎が、どこかの屋形の舞妓を贔屓《ひいき》にするようになったとしたら、その屋形のおかあさんは、胸を張って花見小路《はなみこうじ》を歩けるさ」

「楡崎って、そんなに価値がある客なの?」

「祇園に通ってくる旦那《だんな》衆の中じゃ、最高位にランクされてるさ。若いし、見栄《みば》えもするし、おまけに独身で大金持ち。将来有望ときてるからね」

「だったら、ぼくが楡崎のお座敷に招かれたら、おかあちゃんは祇園町でちょっと鼻を高くできる?」

「当然さ」

そうかー。「千代菊」が楡崎からお座敷に指名されると、おかあちゃんは気分がいいんだ。

もしかして、ちょっとだけ親孝行することになるのかも?

「楡崎が、半だらりの舞妓を山荘に招待したことをおかあさん連中が知ったら、大騒ぎになるだろうな。どこの屋形の舞妓ちゃんやろ、って」

「ぼくと、宏ちゃんと、おかあちゃんが黙ってたら、噂にはならないよ。千代菊は、実家へもどってしまうってことになってるし」

「楡崎がいうかもしれない」

楡崎の口までは、ふさぐことはできないな。

そうなったら、そうなったときのことだ。

「でも、なんでだろうね。舞妓嫌いで有名な楡崎がだよ、千代菊なんて半人前の舞妓を山荘に招待するって、どういうこと？　御曹司の気まぐれ？」

「バーカ。気まぐれなんかじゃないさ。あいつが、千代菊に魅了《みりょう》されたってことだよ」

「そんなハズないって。千代菊は、ただの見習い舞妓だよ」

「見習いであろうとなかろうと、いいものはいいんだよ。鏡を見たらわかるよ」

「鏡なら見たよ」

「千代菊を見て、なんとも思わない男はいないよ」

宏章は断言する。でも、ぼくには、宏章のいうことが信じられない。

「なんとも思わないって、どう思うの？」

「見てるだけで酔《よ》っぱらう。そのうち、理性が吹っ飛んで、手を伸ばしてつかまえたくなる。つかまえて、引き寄せて、抱きしめる」

「ええええー！　男はみんなそうなの？　宏ちゃんも？」

「そうだよ。ミキが俺の従弟《いとこ》じゃなかったらの話だけどね」

「ひえええー。宏ちゃんも男なんだ」

「あたまえだろ。おまえだって、男だろ。いまにわかるさ」

そうかなー。まだ、ぼくには、実感としてはよくわからない。むしゃぶりつきたくなるような女の子に出会ったら、宏ちゃんのいうことも納得できるかもしれないね。


翌日、七月十七日。祇園祭のクライマックス、山鉾巡行《やまぼこじゅんこう》の日だ。

顕太と巡行を見に行く約束にしていたけれど、腹をこわして寝てるからって、電話で宏章に断ってもらった。

顕太にウソついちゃったよ。ゴメンな、顕太。しょうがないよ。家庭の事情ってやつだよ。

吉乃家の舞妓ちゃんと芸妓さんは、巡行見物にでかけていた。

夕方六時に、楡崎が迎えの車をよこすというので、午後は、お茶の飲み方と点《た》てかたの特訓を受けた。お茶席に招かれているからだ。講師はおかあちゃん。

お茶の作法《さほう》はめんどくさくて、そんなの、どうでもいいじゃん、といってしまいたかったけど、我慢《がまん》して、最低限のマナーは覚えた。

五時十五分から、「千代菊」になる準備を始める。

化粧はおかあちゃんがやってくれる。

着付けは、おかあちゃんと宏ちゃんが、ふたりがかりでやってくれた。

振り袖も帯も、昨日とはちがうものを、おかあちゃんが用意した。

黒地に赤や金銀の嵯峨菊《さがぎく》が散らされている絽《ろ》の友禅《ゆうぜん》。

帯は金銀の緞子《どんす》に、こちらも丸に菊の文様《もんよう》が散らされている。意図《いと》して菊にそろえてあるんだろう。ぼくの名前が千代菊だから。

ぼくは姿見《すがたみ》のまえに立って、舞妓ができあがっていくのを見ている。

ふしぎだったのは、昨日とは、ぼくの気持ちがちがうということだった。昨日は、男だとバレやしないか　びくついていたのに、一日経験して、余裕がでたのか、舞妓として胸を張って立っていることができる。

昨日、頭にあったのは、バレるんじゃないだろうかという心配だけだった。今日は、吉乃家の舞妓として、どうやったら、お客さまに満足していただけるお座敷を提供できるか、そんなことを考えている。

宏章がふしぎな顔をして、舞妓になったぼくを見ていた。

「どうしはったん、宏ちゃん？」

「昨日とぜんぜんちがうんで驚いてる。別人みたいだよ」

「どこが、どうちがう？」

「昨日は、いかにも見習いさんって感じで腰が引けてたのに、今日は、すごい貫禄《かんろく》だよ。もう何カ月も舞妓やってるみたいだ」

「そう見える？　うちも、なんやしらんけど、昨日とはぜんぜんちがう気分や。昨日はびくびくしてたけど、今日は、千代菊は吉乃家ののれんをしょってるっていうのやろか、胸をはって背筋を伸ばして歩かなあかん、って気分や」

「こーんなかわいい舞妓ちゃん、祇園じゅうを捜してもどこにも見つからへんわ。これじゃ、楡崎の若さまが別荘へ招待したくもなるわよねー」

おかあちゃんはうれしそうに、にっこり笑った。

おかあちゃんは、ぼくが女の子に生まれていたら、舞妓にしたんだろうな。ぼくが生まれたときは、男の子だったのでがっかりしたのかもしれない。

昔、祇園では女の子が生まれると大喜び。男の子だと、邪魔者《じゃまもの》扱いされたそうだ。

女の子は商品価値があるけど、男の子は不要ってことなんだな。これって、すごいセクハラだよな。

今は、そこまで露骨《ろこつ》に男の子を邪険《じゃけん》に扱うことはしなけど。でも、やっぱり、ここは女の世界。女の町だと思う。

「舞妓ちゃんは、昔は中学生くらいの女の子がなってた。今は、お座敷にでるのは中学を卒業してからがほとんどや。あんたみたいに小さい舞妓ちゃんは、今では見られへんようになってきた。そやし、いっぺん見たら、かわいいー、ってだれかて思うえ」

「すごいな、女ってこうも変わるもんなのかなー」

女じゃないのに、宏章ったら、なにいってんだろうね。

「千代菊を見てると、背筋がゾクゾクしてくるよ。祇園に金払ってやってくる男たちの気持ちがよーくわかるね」

「千代菊って舞妓ちゃんがいたら、宏ちゃんも祇園へ通わはる？」

「通わない。男衆《おとこし》になって、千代菊の着物は俺が着せる。ほかの男には着付けをさせない」

「きゃー、すてきやなー。男衆・宏ちゃんと舞妓・千代菊ちゃんのロマンス」

「なーにいうてんのえ。アホかいな。そんなロマンスは御法度《ごはっと》中の御法度や」

おかあちゃんが、ぼくと宏章の冗談を笑いとばした。

男衆というのは、祇園など花街《かがい》で舞妓さんや芸妓さんのために雑用をやってくれる男の人のことだ。今では昔ほどの数の男衆さんはいなくなってしまったけど、祇園のような女所帯《じょたい》では、男の手がほしいときに気軽に頼めるので貴重な存在だった。縁《えん》の下から祇園を支えているといってもいい。

舞妓さんの着物の着付けをするのも男衆だし、客に頼まれれば、舞妓さんや芸妓さんへ贈り物や花束を届けてくれる。雨の日にお座敷へいくとき、送り届けてくれたり、頼まれれば、買い物にもいってくれる。

男衆は、毎日、舞妓の着付けをするから、女の子たちの下着姿を見ているわけで、男衆と舞妓の色恋沙汰《ざた》は、祇園では「御法度中の御法度」になっていた。舞妓は商品だから、売り物に手をだしたらアカンということなのだ。

着付けが終わって、一段落して、玄関の次の間で、もっていくハンドバッグ代わりのカゴを準備していた。

「こんにちはー」

玄関の格子戸《こうしど》があいて、元気のいい声が聞こえてきた。

「おばさんいるー？　顕太です」

おかあちゃんの返事はない。どこに行ってるんだろう。宏章の姿も見えない。

「ミキは大丈夫ですかー？」

顕太が奥に向かって、声を張りあげている。

覚悟を決めて、玄関にでていった。

「おいでやす」

「ち、ちよぎくちゃん！」

顕太のやつは、眼をまん丸く見開いて、ぼくの顔を見ている。

なんだよ、顕太。「千代菊」が現れると、そんなにびっくりするのかよ。口ごもってるじゃないか。

「こんばんは。昨日は、お世話になりました。楽しいお座敷どした。亮太《りょうた》さんにも、よろしゅうお伝えくださいませ」

玄関の板敷きに正座して、顕太に向かって第一級のおじぎをした。

顕太は、きをつけの姿勢で立っている。

「え、え。こちらこそ」

顕太があせっているのがわかる。

舞妓・千代菊が現れるとは思っていなかったのだろうか。

それにしても顕太のうろたえぶりを見るのは愉快《ゆかい》だねー。いつも、顕太はぼくといるときは、兄貴風をふかせていばってるもんな。

「ミキが寝てるって聞いて。大丈夫かなってよってみたんですけど」

「ミキちゃんやったら、大丈夫や思いますえ。今は、寝たはりますけど。顕太さんが来てくれはったこと、伝えておきます」

「千代菊ちゃん、むちゃくちゃかわいい。日本人形よりきれい」

顕太が頬《ほお》を染めながらいった。

顔を見ると、昨日のお座敷を楽しんでくれたことがわかる。ぼくもうれしい。なんてったって、舞妓は接客業のプロ。お客さま第一だ。

「また、お座敷で逢《あ》えますよね」

「へえ、どうぞ千代菊をご贔屓《ひいき》に」

もう逢えないことを承知《しょうち》で、顕太にウソついているぼく。

やだなー。自己嫌悪《じこけんお》の軽いやつに陥《おちい》りそうだねー。

玄関のまえに、車がとまる気配がした。

格子戸があいて、入ってきたのは背の高いダークスーツの男だった。髪がさらさらで、ワンレングスの長め。笑ったら美形だと思うのに、ロボットのように無表情で、礼儀正しくおじぎをした。

顕太も、突然現れたイイ男に見とれていた。

いくら頑張《がんば》ってもかなわないと思ったのだろう。玄関の下駄《げた》箱のまえによって、小さくなっている。

美形の青年は、中学生の顕太など、視界に入っていない。

「千代菊さまでいらっしゃいますか?」

「そうどす」

玄関の気配に気がついて、奥からおかあちゃんが現れた。

「楡崎慎一郎さまの秘書です。慎一郎さまの代理で、千代菊さまをお迎えに参りました」

「お迎え、ご苦労さまどす。千代菊のしたくはできてますよて、よろしゅう、おたのもうします。あれ、顕太くん。ミキは寝てますわ。起きたら電話するようにいうとくわね」

おかあちゃんと顕太に見送られて、ぼくは楡崎の秘書が運転するダーク・グリーンのメルセデスに乗りこんだ。花見小路がいっぱいになるほどデカい車だった。

楡崎の秘書と名乗る男は、美形だと思うけど、無口。向こうが黙っているから、ぼくも黙っている。

祇園祭の交通規制は解除《かいじょ》されて、車は四条《しじょう》通りを西に向かった。

桂《かつら》川の土手から嵐山《あらしやま》へ入る。

渡月《とげつ》橋《きょう》の付近には、かなりの人がでている。ここは、いつだって人が多いが、今日は祇園祭の日だから、特に多いのかもね。

車はさらに北へ向かった。山の中へ入っていく。道の両側には木立《こだち》が繁《しげ》り、民家は見えなくなった。

林のあいだに突然現れた大きな門のまえに車がとまった。

茅《かや》葺《ぶ》きの門の上に、小倉山荘と書かれた額《がく》が掲《かか》げられている。

門の中は樹木が繁っているのがわかる。

ところどころに灯りが見えるが、街灯じゃなくて灯籠《とうろう》だよ。

運転手がドアをあけて、車からおりる手を貸してくれた。

さしだされた手につかまって車の外へでると、黄昏《たそがれ》の中に、男が迎えにでている。

昨日、浮舟で会った楡崎慎一郎だった。

今夜は着物を着て袴《はかま》まではいている。背が高くて肩幅があるから、着物も憎《にく》たらしいほどよく似合っていた。見ただけで、若いころスポーツをやった身体《からだ》だってことがわかる。

この御曹司は、金や地位や権力を手中にしているだけじゃなくて、恵まれた容姿まで自分のものにしているんだな。運命の女神って、平気で不公平なことやってるよ。

「ようこそ、千代菊さん」

楡崎が見おろしている。ぼくを観察していると同時に見守っているような眼だった。好意的な視線だ。

だろうね。「千代菊」を気に入ったから、山荘へ招いてくれたのだろうし。

「昨日はおおきに。おかげさんで助かりました。カトレアのブーケ、おおきに。お部屋に飾らせてもらってます。今日は、お茶席にお招きいただいて、うれしゅおす」

楡崎がぼくの手をとった。

男と手をつないで歩きだす。

うーむ。昨夜も、楡崎と手をつないで歩いたけど、手をつないで歩くなんて、仲良しの宏ちゃんとだってやったことはない。

後ろで門がしまって、メルセデスが走り去る音がした。

竹林のあいだの小径《こみち》を楡崎と歩いていく。

「ここは嵯峨野のどのあたりになるんどすやろか」

「渡月橋から北に入った小倉山のふもとになります」

竹林を渡る風が竹の葉にぶつかると、さわさわと乾いた音をたてる。

「竹の葉のあいだを風がとおって、まるで波のような音がしますなあ。涼《すず》しそうな音どす。山の中なのに、海の音にも聞こえる。そう思いまへんか？」

「そうですね」

しばらく間《ま》があって、楡崎の静かな声がする。

「千代菊は、詩人でもあるのですね」

あきれているのか、賛嘆《さんたん》しているのか、どっちかだ。

「足もとは大丈夫ですか？」

「大丈夫どす」

楡崎はぼくの手を、ぎゅーっと握りしめるのではなく、軽く握っているだけだから不愉快な気はしない。

竹の葉のこすれあう音は、さわさわと人の話し合う声にも聞こえる。

黄昏の色が少しずつ濃《こ》くなっていく嵯峨野の竹林は、一人で歩くのは怖いだろうな、と思った。

広い敷地は傾斜になっていて、竹林の道は少しずつ登りになっていた。

竹林の小径がおわると、視界が開けて空と山の斜面を利用した庭園が見わたせた。

暗くなってきていて、山や樹木は黒い影にしか見えなかったけど、個人が所有する屋敷としてはかなり広い。

楡崎がぼくを連れていったのは、庭の少し高くなっているところにある建物だった。

そのあいだも、楡崎はぼくの足もとに気をつかってくれる。パートナーに配慮《はいりょ》するのは最低の礼儀なのかもしれないけど、それがごく自然で、これまでにも何人の女性をこの別荘にエスコートしたのだろうと、余計なことまで思ってしまうのだ。

数寄屋《すきや》造りの家と中庭をはさんで建つ草庵《そうあん》風の小さな建物に導かれた。

外側は障子《しょうじ》があるだけで、ガラス戸は使われていない。

小さな灯りが部屋のすみに置いてあるだけで、室内は薄暗かった。

茶室に通されて、楡崎が自分でお茶を点《た》ててくれた。

お茶の点てかた、飲みかたは、一応、おかあちゃんに教わっていたけど、お抹茶《まっちゃ》は苦《にが》いからあんまり好きじゃない。

静かな茶室の中で、関西実業界の貴公子といわれている男が「千代菊」のためにお茶を点ててくれている。

なんでこの男が「千代菊」に興味を示したのかわからないけど、ただの好奇心《こうきしん》とかロリコンとかで説明づけようとしても、今夜の豪華な舞台装置の中にいると、そんなものでは説明できないような気がした。

小倉山のふもとの小さな茶室には、冷たいけれど頬《ほお》に触れると心地好い荘厳《そうごん》で厳粛《げんしゅく》な空気が流れていた。静かな室内に流れる時間も、ぼくが学校や家で経験しているものとはまるで異質だった。

正座し背筋を伸ばした男からは、シャークを思わせる冷たさは感じられなかった。生まれながらの貴公子には、着物と袴《はかま》が似合っている。

嵐山の奥だからか、七月だというのに、エアコンも効いてないのに、暑くはなかった。

お菓子をいただく。菊の花の形をした黄色とピンクの小さな和菓子が二つ、竹の皿の上に敷かれた朱鷺《とき》色《いろ》の和紙の上に並んでいた。

「今日のお菓子は嵯峨菊の菊づくしです」

ぼくが着ているのは、嵯峨菊の菊づくし文様の振り袖だった。

「うちが着てる着物と同じどす」

「うれしい一致《いっち》ですね。偶然、それともなにかのご縁《えん》でしょうか」

楡崎の思わせぶりな口調にはもう慣れたけど、相変わらずキザなやつだよなー。

草庵の外で鳥が鳴いている。ねぐらへ帰る鳥の群《むれ》が羽休めをしているのか、にぎやかな鳴き声だった。

嵯峨菊の和菓子は、ほんのりと日本酒の香りがして、適度な甘さでおいしかった。

「ここは静かどすな。鳥の声も聞こえて、ええとこどす」

「考えごとをするときや、大きなプロジェクトを終えたとき、一人になって心と身体を休めるのには最高の場所ですね」

「いくつもの会社の頂点に立ってはる慎一郎はんのようなかたのお立場は、うちには想像もでけしまへんけど、いろいろとご苦労が多いのやろと思います。そんなおかたには、こういう場所が必要やいうことは、子供かてわかりますえ」

「お若いあなたには、こんな辛気《しんき》くさい場所、お気に召《め》さないのではと心配でしたが」

「そんなことおへん。うちは、人混《ご》みより静かなところが好きどす」

楡崎が抹茶茶碗をぼくのまえに置いた。

秋草模様が描かれた古典的な色づかいの茶碗《ちゃわん》だった。

教わったとおりの作法でお茶を飲んだ。

泡《あわ》立つお茶は、思っていたほど苦くはなかった。むしろ甘みさえ感じる。

お菓子がおいしかったから、口の中に残っている和菓子の甘みにお抹茶の渋《しぶ》みが混じり合って、ちょうどいい味になっている。

「おいしいお茶どす。おおきに」

「千代菊さんは、お手前《てまえ》の心得《こころえ》は？」

「少々」

「私に一服、点ててはくださらないでしょうか」

「へ？　うちが？　まだへたくそどす」

「かまいませんよ」

なりゆきで、今度はぼくが楡崎のためにお茶を点てることになった。

茶釜《ちゃがま》のまえに座って、おかあちゃんから教わった手順を思いだしながらやってみるけど、かなり怪《あや》しげな手つきだろう。

楡崎は黙って見ているけど、なにを思って見ているのかわからない。

本物の舞妓ちゃんじゃないことを見破られたらどうしよう。ものすごーく心配。

楡崎はぼくがお茶碗を運んでいくまで、なにもいわなかった。袴姿で正座して背筋を伸ばしている。

楡崎のまえに抹茶茶碗を置いた。

作法どおり、楡崎が茶碗を取り上げて口に運んだ。

ぼくが点てたお茶を、若き総帥《そうすい》が飲んでくれている。

なんだか信じられない。

楡崎と向かい合うとき、なんでぼくなんだろう、といつも思う。

銀華さんと親しそうだったのに、中学生の舞妓が珍しいから？　おもちゃで遊んでいる気分？

大人の男が、十三歳の子供を相手に、マジな顔で話しかけてくる。おまけに、楡崎は「千代菊」に対して敬語を使うんだぜ。

どーゆーつもりなのかまるでわからん。たぶん、お遊びなのだろうけどさ。

お茶が終わると、次の間に導かれた。

八畳《じょう》ほどの和室は、庭に面した障子が開かれていて、月の光が部屋の中に入ってきていた。

開け放された濡《ぬ》れ縁《えん》から、庭が見える。

前庭の木立や築山《つきやま》の向こうには山が見えた。

あたりはだいぶ暗くなっている。黒い山の影は、丸くなだらかな稜線《りようせん》を見せていた。

ぼくにはよくわからないけど、こういうのを風流というのだろう。

前庭には川が流れているらしく、水の流れる音がかすかに聞こえた。

この部屋にも電灯はない。灯りは、部屋の四隅《よすみ》にある燭台《しよくだい》のみである。

部屋のまん中に座卓《ざたく》が用意されていて、向かい合わせに座布団が二つ置かれていた。

食事は、コースの京懐石《かいせき》だった。

料理を運んでくれるのは、仲居《なかい》さんなのか、お手伝いさんなのか、初老の女性だった。

趣向《しゆこう》をこらした器に、ぼくが見たこともない食材が並べられていた。おいしかったのは、いうまでもない。

普通、お座敷では、芸妓も舞妓も、食事はしない。食べるのはお客さまだけで、芸・舞妓たちは、お世話をしたり、話し相手をしたりする。今回のように、食事に招待されたときには食べることができた。

楡崎はガラスの器で冷酒を飲んでいたけど、ぼくに酌《しゃく》をさせなかった。

「あなたは、今夜の主賓《しゅひん》ですから。そんな心配は無用ですよ」

楡崎は手酌《てじゃく》で飲んでいた。

ぼくにも冷酒が用意されていたけど、ぼくは子供だし、ほんの形程度に口をつけるだけだ。

舞妓ちゃんは未成年だけど、お座敷でお酒を口にしてもよかった。京都市《きょうとし》の条例で、舞妓は例外として認められているのだ。

お上《かみ》の粋《いき》な計《はか》らいというか、花街が圧力をかけた結果なのか、どっちかだろうね。日本広しといえども、未成年の飲酒を認めているのは京都くらいじゃないのかな。

冷酒では無理だと思ったのか、楡崎はワイン・グラスに梅酒《うめしゅ》を用意させた。

「これなら、あなたでも飲めるでしょう」

「おおきに。お心づかい、ありがたくちょうだいします」

コースの最後はデザートだった。梅酒味のシャーベットだ。

さっぱりしていて、梅の香りがして、喉《のど》ごしが冷たくておいしい。

最後の器が片づけられて、コースが終わりになった。

「おいしいお食事どした。おおきに」

「お気に召しましたか？」

「珍しい味と香りと彩《いろど》りと器。それに、このお庭。月の光。なんといったらええのか、わからしまへん」

楡崎が立ちあがって、濡《ぬ》れ縁《えん》にでていく。

「月夜の庭もいい。昼間見るのとはまるでちがう」

「庭かて、人間かて、昼と夜とはちがいますえ」

楡崎がいる濡れ縁へでていこうと思った。

立ちあがって歩き始めると、頭がフラフラした。

どういうこと？　風邪《かぜ》ひいて三十九度くらい熱がでたときに似ている。

でも、ぼくは、今日は風邪を引いているってことはないはずだよ。気持ち悪いわけじゃない。頭が働いていないという感覚。こんなの初めてだ。

楡崎のところまで数メートルしかないのに、歩いていけるかどうかわからなかった。

倒れるかもしれない。そんな醜態《しゅうたい》を演じたくない。今夜かぎりの舞妓だけど、お座敷では毅然《きぜん》とした舞妓・千代菊でありたい。

楡崎には両脚だしてるところを見られているのだ。それだけで十分だった。

ガキだからなにしてもいいという甘えは、自分に許《ゆる》したくなかった。臨時《りんじ》の舞妓だけど、吉乃家の看板をしょってるんだ。

庭を見ていた楡崎が振り返った。ぼくは歩みをとめて、突っ立っている。

楡崎に向かってほほ笑《え》んだつもりなのに、失敗だったみたいだ。

「どうしました？」

楡崎の緊張《きんちょう》を含んだ声で、楡崎から見ても、ぼくはおかしいのだとわかった。

「なんや、頭がフラフラします」

肩を両手でつかまれた。

「どうなさいました？」

どうもしないけど、立っているのがつらい。横になりたい。

楡崎が、崩《くず》れそうになるぼくの身体を、振り袖の上から支えてくれていることがわかった。

「私に寄りかかりなさい」

ぼくはもう自力じゃ身体を支えていることができないんだから、寄りかかるしかなかった。

舞妓の勤《つと》めは、ほんとはお客さまに楽しんでいただくことなのに、これじゃ舞妓が世話になってる。おかあちゃんに「失格！」って大声でどなられそうな気がするよ。

昨日のお座敷で、「千代菊」は楡崎慎一郎に助けられた。

今日も、「千代菊のために」もうけてくれた席で気持ち悪くなるなんて、最低だな。

「気分が悪いのなら、少し休みましょう」

「すんまへん」

楡崎に抱きよせられる。

ほっぺたに、楡崎の着物の胸が触れた。夏の布のざらついた感触が気持ちいい。

楡崎はぼくを抱いたまま、濡《ぬ》れ縁《えん》に静かに腰をおろした。

ふたりを包んでいるのは、青い月の光。鳥の鳴き声も聞こえない。楡崎とふたり、静寂《せいじゃく》の中にいる。

「梅酒に酔いましたか?」

「へ? そうかもしれまへん」

「あなたの年齢を忘れていましたよ。不愉快な食事になってしまって、私の不手際《ふてぎわ》です。あやまらなければなりませんね」

不手際だというわりに、声が楽しそうなんだよなー。ぼくがフラフラしたのを喜んでるみたいだ。

ジャーン、もしかして……。

「千代菊」の飲み物として用意されていたのは梅酒だった。氷が浮いていて、喉ごしがよかったから、何杯も飲んじゃったよ。デザートは梅酒のシャーベット。これも絶品《ぜっぴん》だった。

楡崎が、わざと梅酒を用意させたんじゃないだろうか?

酔っぱらうのを見越してさ。

こいつなら、それくらいやりかねないよな。

「少しこうしていましょう」

ほらね、やっぱりね。そうきたか。

楡崎は、「千代菊」を抱いていたかったんじゃないのか？

ぼくはおとなしく楡崎の腕に抱かれていた。ふらつきが治《おさ》まるまで、静かにしているしかない。

楡崎は昨日と同じ、森の香りがした。コロン？　整髪料？

宏章とはまたちがう匂い。なにかの樹の香りのようだった。

エアコンはないのに、涼しい風がときおり庭の築山から吹いてくる。

「気分は？　話はできますか？」

「大丈夫どす。だいぶ楽になりました」

「千代菊は、お座敷へでたのは昨日が初めてでしたね」

「そうどす」

「初めてのお座敷はいかがでしたか？」

「緊張しました。けど楽しませていただきました。ほんまは、それじゃあかんのかもしれまへん」

「どうして？」

「舞妓の仕事はお客さまを楽しませることどす。舞妓が楽しんだらあかんのどす」

「そんなことはないでしょう。あなたが楽しめないお座敷は、客も楽しんではいませんよ」

「そうですやろか」

「そうですよ」

楡崎という男、うれしいことをいうやつだ。人をうれしがらせるコツを知ってるんだな。

「初めてのお座敷で、なにが楽しかったのですか？」

「お客さまは、みなさんご立派な男はんばかりどす。おそばにいてお話しさせてもらうだけで、うちには勉強になることばかりどした」

これはホントだよ。

舞妓という職業は、若い女の子がつく仕事としては、すんげーおもしろいと思う。自分の人間形成の糧《かて》にもなるような出会いが、毎晩だもんね。

「千代菊は、中学生でしたね。今は、夏休みですね」

「そうどす」

「八月の盆休みには、予定が入っていますか？」

「へ？　さあ、わからしまへん。うちのスケジュールは、おかあさんが管理しはってるさかい」

「では、おかあさんに話をもっていけばいいということですね」

「どんなお話ですやろ？」

「盆休みに、信州《しんしゅう》の別荘へ避暑《ひしょ》に行きます。あなたもお誘いしたいと思ってるんですよ」

「へ、うちが楡崎はんの別荘へ？」

「ここのところ休みらしい休みをとっていなかったから、三日間ほど、休養したいと思いましてね。あなたがそばにいてくださったら、心も身体もリフレッシュできる」

「へ？　そういっていただけると、うれしゅおす」

楡崎って、やっぱりロリだったんだ。

宏章は、この御曹司にロリータ趣味があるとはいってなかったけど、「千代菊」に執着《しゅうちゃく》するってことは、バリバリのロリータだよ。

「いかがでしょう」

いかがでしょうってったって、ぼくが即答できる問題じゃない。

それに、「千代菊」は今日で店じまいするんだよ。おかあちゃんにいったら、また「断れないわよ」とかいいだすんじゃないだろうな。

だとしても、もう、その手には乗らないよ。逃げた珠菊ちゃんの緊急《きんきゅう》の穴うめのつもりでやったんだから。二日もやれば十分だ。

「避暑へはご家族で？」

「私一人で。千代菊は、私が嫌いですか？」

「いいえ。慎一郎さんには昨日一日だけで、一年分くらいよーけお世話になってしまいましたさかい。なんとお礼申し上げたらよいのやら」

嫌いだから、招待を断るわけじゃないよ。

ほんとは男だから、これ以上、舞妓のまねなんてやってるわけにはいかないんだよ。そのへんを説明できないのがもどかしい。

だけど、楡崎は、どういうつもりで「千代菊」を信州へ誘ってるんだろうか。

家族でわーわー避暑に行くならまだしも、ふたりだけだったら、まるで新婚旅行じゃん。夜、ベッドでムニャムニャするつもり？　ぼくは十三歳。未成年だよ。抱いたりしたら、青少年に対する性的虐待《ぎゃくたい》とかになるんじゃないの？

それとも、この男、舞妓だから、抱いてもいいと思ってるのか？

だとしたら、あったまくるね。舞妓は、お座敷でお客さまをおもてなししても、ベッドの相手はしないからね。そのへんのこと、わかってる？

「慎一郎はん、うちより、銀華さんをお連れになったほうが」

「どうして銀華を？」

「昨日、浮舟さんで、銀華さんとごいっしょのところを見て、お似合いやと思いました」

楡崎は黙っている。なにもいわない。

銀華さんの名前をだしたのがまずかったのだろうか。

「すんまへん。酔っぱらって頭がよう働いてえへんみたいどす。なんや、慎一郎さんのいわはることが、ようわからんへんのどす。あの、あの、慎一郎さんは、銀華さんみたいなきれいでかしこい女の人より、千代菊みたいな子供がええんどすか?」

「大人は裏があって、不愉快なことのほうが多いでしょう」

「けど、慎一郎さんは舞妓はお嫌いやと聞いてます」

「嫌いでしたね、昨夜までは。着飾っていても、中身は未熟《みじゅく》で話し相手にもならない。ところが、浮舟で両脚だして走ってくる舞妓ちゃんと出逢って、考えが変わりましたね」

「きっと、うちの脚が、お気に召さはったんどす」

「気に入ったのは、脚だけじゃありませんよ」

い? 檎崎のやつは、口の片隅《かたすみ》でちょっとだけほほ笑んでいる。

「振り袖や帯に眼ぇがくらんだのかもしれまへん」

「そうかもしれませんね。舞妓の衣装だけでも数千万はするでしょうし。でも、私の眼がくらんだのは、衣装だけじゃありませんよ。愛らしいお顔と、澄《す》んだソプラノの声と、白い指と、サクランボのような唇《くちびる》と、細い肩に涼しげなうなじ、それと、豪華な絹の衣装に包まれたしなやかな身体。あなたのぜんぶに眼がくらんだんですよ」

ひえーだ。聞いてるだけで、虫ずが走るというか、背筋がゾクゾクする。

「外見ばかりじゃありませんよ。一番魅《み》せられたのは、あなたのお人柄ですよ。なにより、舞妓という仕事が好きで、祇園が好きで、吉乃家が好きで、お客さまが好き。その好きという気持ちがあふれている。あなたを見ているだけで、私までうれしくなる。仕事に忙殺《ぼうさつ》されて忘れていた大事なものを、あなたに会っていると、一つ一つ再発見していくんですよ。それが、私にはとても新鮮《しんせん》だった。祇園にかぎらず、老若男女《ろうにゃくなんにょ》を問わず、私の周囲に、そんな気持ちにさせる人間は、一人もいませんでしたよ。あなたにお会いするまでは」

どっひゃー。ホンマかいな。

楡崎グループの総帥が、マジで十三歳の舞妓にいってるのか？

「それは、うちの力やおへん。楡崎はんご自身のお力やと思います」

だけど、楡崎のいうことは、遠からずあたっているから、ニクイね。

祇園が好きで、吉乃家が好きなのは事実だ。舞妓という仕事が好きで、お客さまが好きというのもあたってる。昨日と今日の二日間の体験から判断して、この仕事はおもしろい。ぼくが女だったら、うちが置屋だし、ほんとに舞妓をやってたかもしれない。やったら、きっと好きになる。

「昨夜、あなたにお目にかかってから、正直いって自分でもとまどっているんですよ。これまで私は成熟《せいじゅく》した女性が好きでした。人間的にも身体的にもね。ところが、昨夜、私は、女性といってもまだほんの少女、扁平《へんぺい》で中性的な身体の持ち主に恋してしまった。まるで魔法にかかったように。自分でも信じられませんね」

へ？　こ、恋してしまった、だって？

実業界の貴公子が男の舞妓に恋した？　えらいこっちゃ。

千代菊は女の子じゃありませんよ、って、この男に知らせるべきだ。

「あの、うちは見習いどす。見習いやし、半だらりの帯が珍しゅうて、それで、きっと……」

「だとしても、私はあなたに参ってる」

楡崎が嘘《うそ》をいってるとも思えなかったけど、ほんとうだとも思えないのだ。

楡崎グループの御曹司が、三十分ほど会ったばかりの舞妓に夢中になる？　信じられるわけがないだろ。

「あの、うれしいおことばどす。けど信じられしまへん」

「でしょうね。私自身、信じられないのですから」

楡崎のことばが途切《とぎ》れた。

楡崎が黙っているから、ぼくも黙っている。

静かな山荘は、ぼくがいつも暮らしている世界とは別世界のような気がした。

しばらくぼくは、楡崎の腕に抱かれて月の光の中にいた。

月の光はほんとうに冷たい。手や指にあたると、あたっているところがひんやりしてくる。

「千代菊、いい香りですね」

「匂《にお》い袋やと思いますえ」

「京の都の香りですね」

楡崎が顔をよせてくる。ぼくの着物の肩のところに、男が顔を埋めた。

ぼくが女だったら、こんなシチュエーションはお姫様になったような気持ちなんだろうと思う。バツイチだけど今は独身のハンサムな御曹司が、千代菊という十三歳の舞妓見習いに恋しているると自分から告白している。この御曹司を夢中にさせて、そのうちに、結婚したい、といわせることだって可能かもしれない。

なーんてね。女だったらの話だ。ぼくは男。それに中学生。楡崎がおとぎ話の王子さまみたいなことをいっても、ぼくには関係ねーよ、だ。まったく。

「千代菊、あなたと知りあったのは、昨日の浮舟。あなたは、キスされそうになって、ジャクソンのお座敷から逃げてきた」

「そうどす。慎一郎はんに助けてもらいました」

「私があなたにキスしたら、やはり、ひっぱたかれるのでしょうね」

「へ？」

楡崎の顔が動いた。

次の瞬間、ぼくの口になにかが触れていた。

楡崎のキスだとわかるまで、しばらく時間がかかった。

じょ、じょーだんだろ！　キスされてるよ！　どっひゃー。

ぼくはだれともキスしたことない。

ヤダよ！　好きな女の子とするんだ！

それより、キスなんかされたら、ぼくが男だってバレるじゃないか。

きっと、キスの感触が、男と女じゃちがうはずだ。楡崎が、男も女も両方知ってる人間だったら、バレバレじゃないかー。キスはだめー！

抵抗すると、楡崎の唇が離れた。

「あ、慎一郎はん、堪忍《かんにん》しとくれやす」

楡崎の腕から逃れようとしたけど、両方の手首を片手でつかまれてしまう。

これじゃ、手錠《てじょう》をはめられているようなもんだ。身動きとれない。

もう一度、唇が重なってくる。

さっきは唇が触れ合うだけだったのに、今度はかなり強引なキスだった。とじている唇を割って、男の舌《した》が押し入ってくる。

逃げだしたいのに逃げられない。初めて経験する未知の感覚に、ぼくの頭がしびれていた。

次の瞬間、ぼくの頭が警鐘《けいしょう》を鳴らし始めた。こんなことしてたら、楡崎慎一郎は、千代菊が男だと見抜くぞと。

どうやったら、男の子だとバレないだろうか？　抵抗するのがいいのか、いやがりながらも、男のキスを甘受《かんじゅ》するほうがいいのか？　わかんないよー。

ぼくにとってのファーストキスなのに、ぼくの頭は、男だとバレると困る、その一点に集中していた。色気も胸キュンもあったもんじゃない。黄色い危険信号のランプが、頭の中で点《てん》滅《めっ》していた。

「千代菊、もっと楽しみなさい。身体の力を抜いて、唇の力も抜いて、キスを楽しみなさい」

そんなこと、できるワケないじゃないか。遊び人で鳴らしてる楡崎とはちがうんだぞ。

楡崎はオヤジ。ぼくは中学生。ぼくの人生は、まだ始まったばかり。恋だって、キスだって、まだこれからだ。

「お座敷でキスするなんて、そんなのイヤどす」

「おやおや、私のお座敷では、毎度のことですよ」

ヒエーッ。なんて男だ。楡崎の声が笑っている。

あんたのお座敷ではそうかもしれないけど、相手は芸妓さんだろ？

ぼくが子供だから、なんでも思うようになると思ったら大まちがいだぞ。舞妓はお座敷で座っているだけの人形じゃない。意志だってあるんだ。イヤなやつとはキスなんてしないんだからな！

「それは、芸妓さんが、楡崎はんを好きやから、ええんどす」

「あなたは？　私が好きではない？」

好きとか嫌いという問題じゃない。ぼくは男とキスする気はないし、好きでもないやつとチューするなんて、考えただけでゲロがでる。

だけど、そんなことをいうわけにもいかない。楡崎は客で、ぼくはお座敷を勤《つと》める舞妓なのだ。でも、榆崎にいいたいことをいわせておくのは、おもしろくない。なんとか切り返さなくちゃ。

「うちは、榆崎はんとは、昨夜、浮舟さんで初めてお目にかかったばかりどすえ。好きかどうか、そんなの、まだわかりまへん」

「そうでしょうか？　私があなたに恋したのは、一瞬でしたよ。恋をするとき、時間は関係ありませんよ」

あんたには関係なくても、ぼくはあるんだー、と叫ぶまえに口がふさがっていた。

榆崎の勝手で強引な、三回目のキス。いやだよー。イヤ！

「そんなに歯をくいしばらないで。楽しむどころか嚙《か》みつきそうな勢いですよ」

ぼくがイヤがってるのがわかってるのに、榆崎は余裕で笑っているのが腹が立つ。

「かわいい人だ。いやがるあなたをむりやりってのも、男としてはたまらないですね。私が嫌いなら嫌いで、にらみつけたらいい。そんなあなたも、また魅力的だ」

榆崎が、ぼくの喉に唇をつけた。

「あ……」

歯をくいしばっていたのに、思わず唇が開いていた。

その隙間《すきま》を榆崎が逃《のが》すわけがない。

すかさず榆崎の唇が重なってきて、簡単に男の舌の進入を許していた。

キス以上のことを、こいつがやったら、噛みついてでも、けっ飛ばしてでも、逃げだすからな。

楡崎に比べたら、ジャクソンなんてかわいいもんだ。ほっぺたに、触れるか触れないかのキスをして、ぼくに大騒ぎされた。

楡崎は、こんな人気《ひとけ》のない山荘に舞妓を引っ張りこんで、強引にキスしてくる。なんてやつだ。実業家としてすご腕かもしれないけど、ぼくにはただのスケベオヤジにしか見えない。大嫌いなタイプだ。

楡崎にキスされながら、ぼくは心の中で叫んでいた。

「ヘンタイ！　ロリコン！　バカヤロー。宏ちゃん、助けて！　銀色鮫に食べられちゃいそうだよ。助けて……」

涙がでてくる。お座敷で泣くなんて、舞妓としては失格だってことくらいわかってる。でも、涙が勝手にでてくるんだよ。

男の唇が離れて、ぼくを解放してくれたときには、涙がポロポロこぼれた。

楡崎が人差し指の背中で、頬に伝わる涙を拭《ぬぐ》ってくれる。

「千代菊は……キスは初めてだったのですね」

あったりまえだよ。中学生だぞ。キスの経験がないほうが普通だい。

男の声に、ちょっと反省してるっぽい色があるが、遅いんだよ。

ぼくは切れかかっていた。タンカ切って、楡崎にケンカ売りたい！

抱かれていた腕から逃《のが》れて、楡崎と向き合った。

あったまにきていたから、にらみつけてやる。

「お座敷でキスしはるなんて、わかっていたら、今日のご招待は、お受けしませんでした」

「あなたを招待したとき、私も、こんなことをするつもりはありませんでしたよ」

なにをぬけぬけというんだろうね。大人は、子供をだませると思ってるのか？

「けど、したやおへんか」

「あなたのせいですよ。あなたに魅了《みりょう》された男が、理性で抑えようとしても抑えられなかった。ある意味で、あなたにとっては快感ではありませんか？」

銀華さんだったら、快感だと思うかもしれないけど、ぼくは男だよ。アホか、と思うだけだ。

「楡崎はん、頭がおかしゅうなったはるにちがいおへん」

「あなたの色香《いろか》に、頭がおかしくなったんですよ」

十三歳に、色香もなにもない！　アホの楡崎。マジでいってるとは思えないよー。

「頭の変な男は、なにをやってもふしぎじゃありませんね」

「へ？」

手首を引っ張られて、楡崎の胸に抱きよせられていた。

ど、ど、どーゆー意味だ！　ほしいって、キス以上のことをするつもりなのかよ。

それは困る。逃げるなら今だ。と思ったら、足首を押さえつけられていた。

これじゃ、逃げられない。ぼくが思ってることが、楡崎に読まれているよ。

「お放しくださいませ」

いって放してくれるような男ではない。でも、時間かせぎにいってみる。

「おかあさんに、いいつけます！」

「おかあさんは、いつでも私の味方ですよ」

楡崎の声は、かすかに笑っている。

猛禽類《もうきんるい》が、ウサギを追いつめている映像が頭に浮かんだ。ウサギはトロイから食べられちゃうけど、ぼくはウサギじゃない。徹底的に抗戦してやる。

「屋形のおかあさんにそれなりのことをすれば、明日にでも、あなたを私のものにすることができますよ」

「でけしまへん！　うちのおかあちゃんは、そんな人やおへん」

「どうでしょうね。やってみましょうか？」

そういえば、おかあちゃんが、楡崎を特別扱いしていたのを思いだした、今日のお座敷だって、ぼくの意向《いこう》を無視して行ってこいって命令したのは、おかあちゃんだもんな。

楡崎が「千代菊」をほしいっていってきたら、おかあちゃんは、「へえ、どうぞ」といって皿の上にのせてさしだすんだろうか？

まさかね。「千代菊」は男だ。そんなことするはずがない。

楡崎は、ぼくの足首を引っ張った。

ころり、と縁側の板の上にひっくり返される。

やられっぱなしじゃ、あまりにも情けない。反撃してやるからな！

ひっくり返されたけど、上半身を起こした。

楡崎がぼくの肩をつかまえて、押し倒そうとした。

そんなことはさせないよ。ぼくは女の子じゃないからね。

顔をよせてくる楡崎の左ほっぺたを、思いきり殴っていた。

舞妓の反撃を予想していなかったのか、楡崎が一瞬ひるんだ。

その隙に逃げだす。といっても、後ずさりして、一メートルほど楡崎から離れただけだけど。

楡崎は怒るかと思っていたのに、怒る代わりにかすかに笑った。殴られたのがうれしいみたいだ。

「私を殴ったとき、少なくともその瞬間、あなたは真剣に私と向き合っていた。あなたは私だけのものだったんですよ。殴られてうれしいなんて、初めての経験ですよ」

殴って楡崎の攻撃の手をかわすことはできたけれど、楡崎をうれしがらせたんじゃだめだ。ぼくは怒ってるんだから。

「昨日、ジャクソンさんのお座敷から逃げた千代菊を、慎一郎さんは助けてくれはりました。うちが、なんで逃げたのかご存じやと思います。それが、今夜は、慎一郎はんが同じことをしはる。なんでどす？」

楡崎は黙ってぼくを見ていた。襲《おそ》ってくる気配はない。男からじっと見つめられるのには慣れていないけれど、視線をそらさずに、見つめ返した。

「慎一郎はんのことで、いろいろな情報がうちの耳に入ります。実業界の貴公子と呼ばれたはるかと思うと、血も涙もない冷徹な経営者と評する人もいたはります。どっちがほんまなんや、わからしまへん」

「それで？　どちらのいうことを信じることにしましたか？」

「どっちのいうことも信じてまへん。うちは、自分の眼《め》ぇで見た慎一郎はんを信じることにしよ、と思いました」

「で、あなたの眼から見た楡崎慎一郎はどうでした？」

「思いっきり、期待はずれどした」

楡崎が眉をあげて、おやおや、という顔をした。

「最低どす。楡崎グループを束《たば》ねる総帥ともあろうおかたが、舞妓一人の気持ちをまるっきり無視しはって、悪徳代官《だいかん》みたく無体《むたい》なことをしはる。千代菊をほしいのやったら、まず、うちの心を盗まはったらどうどす。心に身体もついていきますえ」

「それは、考え方の相違《そうい》でしょう。私は、まるっきり反対の考え方ですよ。身体が先にあって、心は身体についてくる」

「けど、あいにく、うちは心が先どす。好きでもない人にキスされても、なんや虫が口にとまったなー、くらいにしか思えしまへん」

「私は虫ですか」

楡崎がクックと声を抑えて笑った。

「そうどす。虫と同じどす。千代菊がほしいのやったら、千代菊が自分から慎一郎はんの胸に飛びこまずにはいられへんようにしはったらどうどす。瀕死《ひんし》の企業を生き返らせるミラクル・シャークやったら、それくらいでけるやおへんか」

イジワルそうに、おもしろそうに、楡崎は笑っている。やなやつだ。

「わかりました。そうしましょう。私がそばに立つだけで、あなたの身体の芯《しん》が火照《ほて》りはじめるようにしましょう」

いってから、楡崎は愉快《ゆかい》そうに笑った。

「座敷で、この楡崎慎一郎に挑戦状をたたきつける。おもしろい人だ。そんな妓《こ》は初めてですよ。だから、私はあなたに魅《み》せられたんですよ」

楡崎のまえに改めて正座して、頭を深くさげた。

「なまいきいって、すんまへん」

「あやまるのは、私のほうですよ」

楡崎はぼくのまえで片膝《かたひざ》ついて座ると、ぼくの手をとって、自分のほっぺたにあてた。

「千代菊、殴りなさい。何度かキスしましたから、気がすむまで殴っていい。私はジャクソンと同じことをしましたからね」

あ、それって、ずるい！

同じことじゃないよー。

ジャクソンは、ほっぺたにキスしただけだ。楡崎は、口に、それもディープキスをしやがった。ぜんぜんちがうじゃんか。

「さあ、殴りなさい」

もう一度、楡崎が促《うなが》す。

よーし、それじゃ、やるぞー。

楡崎をぶんなぐってやる。

左手で右のたもとを押さえて、平手で一回、楡崎のほっぺたを。思いきり殴った。

力一杯やったつもりなのに、楡崎は、眼をとじることもしなかった。

ヘイチャラな顔をしている。いいけどさ。

夜の九時少しすぎ、ぼくは楡崎のメルセデスで送ってもらった。運転手は同じ人。来るときとちがうのは、後部座席のぼくのとなりに、楡崎が乗っていることだった。

吉乃家のまえで、車からおりた。

茶の間に入っていくと、おかあちゃんが待ちかまえていた。本日の報告を聞きたがる。ワイドショー的なノリみたいだけど。

キスされたこと以外はぜんぶ話した。

「そうや、さっき、楡崎の若さまの秘書という人から、電話があったわよ」

「へえ。なんで」

「千代菊にはもう話してあるっていってたわ。お盆休みに、信州の楡崎家の別荘へ、あんたを招待したいって」

「ああ、あれね。招待されたのはぼくじゃないよ。千代菊だよ。断ってよ」

「そのへんはぬかりなく、断っておいたわよ。お盆のあいだは、舞妓ちゃんは忙しくて、祇園を離れられへんって」

でも、楡崎が、それくらいの断り方で、おとなしく引っこむとは思えなかった。

なんかいってくるにちがいない。でも、そのまえに、こっちから仕掛けるさ。「千代菊」は舞妓見習いを一時休業しましたって。

着替えをすませてから、髷を崩した。風呂に入って念入りに洗髪して、化粧もしっかり落とす。唇に紅《べに》が残っていたりしたらヤバイもんね。

もうお座敷はないんだと思うと、鼻歌がでそうなくらい気が楽になっている。

お気に入りのヂャンブ・コミックスを十五巻、本棚から引っ張りだしてきて、敷いた布団の上に寝転がって読み始めた。

もう何度目になるかわからないくらい読んでいる。好きなんだよなー、このシリーズが。

十二時少しすぎ、となりの部屋に宏章がもどってきた気配を感じた。

宏章は縄手《なわて》通りのバー、シャレードのマスターのバイトが毎晩あるから、帰りは遅い。今日は、早いほうだ。

宏章が風呂からあがって部屋へ引っこんだのがわかって、ぼくは自分の布団を抜けだして宏章の部屋のまえに立った。

ドアじゃないから襖《ふすま》をノックする。

「宏ちゃん、起きてる？」

「起きてるよ」

宏章は布団の上に寝転がって雑誌を見ていた。

すばやく宏章の横へすべりこむ。

これまで何回こうして宏章の邪魔しにきたことだろう。

宏章と話がしたくなると、バイトからもどってくるのを待ちかまえて、宏章の都合《つごう》も聞かずに押しかける。宏章はいやな顔ひとつしない。いつも話を聞いてくれる。

ひっくり返って上を向くと、宏章の端正《たんせい》な横顔が見えた。たくましくて男らしいという顔じゃないけど、品のあるやさしい顔立ちだった。

宏章も雑誌を置いてひっくり返った。

「楡崎の山荘はどうだった？」

「どうもこうもないよ。お料理はおいしかったけど、あいつヤナやつだよ。傲慢《ごうまん》で強引で、あんなやつ、大嫌い。宏ちゃんとはぜんぜんちがうよ。紳士じゃないんだ。舞妓の気持ちなんてまるで無視。自分のやりたいようにやる」

「なにをやったんだ」

詳細《しょうさい》はおかあちゃんにも話してない。でも、宏ちゃんには知っておいてもらいたい。

楡崎のバカヤローにキスされたことを話した。

「それマジ？」

「そうだよ。あいつ、ぼくを女の子だと思ってるから、押し倒しそうな勢いだったよ。このことは、おかあちゃんにはいってないから、宏ちゃんとぼくだけの秘密だよ」

「それで、押し倒されたのか？」

「なんとか逃れた。でもキスされたときは、悔《くや》しくて、涙がポロポロでてきたよ。ぼくのファーストキスだったんだよー」

思いだすと、悔しくてまた涙がでそうだ。

宏章の手が伸びて、ぼくの頭の上におりてきた。

「ミキには、かわいそうなことをしたな」

宏ちゃんの手は、大きくて温かかった。

ぼくは宏章の肩に顔を押しつけた。泣いてしまいそうだったから。

頭の上に置かれていた宏章の手が、ぼくの肩におりて、肩をぎゅっと抱いてくれた。

「もう、舞妓の格好なんかするな。おまえ、かわいすぎる。あんな舞妓ちゃんをいっぺんでも見たら、男は黙っちゃいないよ。やっきになって、自分のものにしようとするさ。楡崎だってそうさ。千代菊に参ったんだよ。冷徹なシャークが、十三歳の舞妓にイカレたなんてさ。しかも、ほかの舞妓には興味を示さなかったあいつが、千代菊には一目惚《ぼ》れだからな。考えようによっては、痛快《つうかい》じゃないか」

「ちっとも。お座敷体験はおもしろかったけど、楡崎は不愉快。あんなやつ、大キライ」

その夜、ぼくは自分の部屋から枕と敷布団をもってきて、宏章の部屋に泊まった。

宏章はうるさいともいわずに、ぼくのやりたいようにさせてくれた。

ありがとう、宏ちゃん。

第四章　さよなら、千代菊

翌日、七月十八日。

京都《きょうと》の町は、祇園《ぎおん》祭の山鉾巡行《やまぼこじゅんこう》が終わって、ちょっと一息ついていた。

朝ご飯のあと、おかあちゃんと、これからの対策を練った。

「千代菊《ちよぎく》」を祇園からどうやって消滅《しょうめつ》させるか。

朝食の茶碗《ちゃわん》を片づけたあと、座卓《ざたく》におかあちゃんと向かい合って座っている。宏章《ひろあき》は、まだ寝ていた。

「あとくされがなく、みんなにきれいな思い出を残して」

「そんなの、むずかしすぎるよ」

昨日の相談では、「千代菊」の実家で親が病気になって、しばらく実家にもどることになった、ということにしたのだった。

舞妓《まいこ》をやめたんじゃなくて、またもどってくるというニュアンスを残しておく。そのほうが、夢があると思ったからね。

「昨日、決めたのでいきましょう。でも、どう演出するかよ。思ったより大変よー。あんたが昨日、楡崎《にれざき》さんの別荘にいってるあいだに、顕太《けんた》くんから電話があったわよ。千代菊ちゃんのファンクラブを作ったから、承認《しょうにん》してほしいって。会長は顕太くんで、事務局は大隅《おおすみ》旅館だってさ。どうすんのよ。二日間かぎりの舞妓ちゃんに、ファンクラブもへちまもないでしょうに」

顕太のやつ。ませガキだよ。中学生でお座敷遊びして、舞妓にのぼせてどうするってんだよ。

舞妓のファンクラブの会長やるなんて、三十年早いってーの。

「ファンクラブは断ってよ。千代菊には早すぎますって」

「いったわよ。でも、みんなあきらめないのよー。困ったわね」

「みんなって？」

「千代菊がお勤《つと》めしたお座敷のお客さま。三木本《みきもと》さん、一越《いちこし》さん、ジャクソンさん。お茶屋のおかあさんを通して、次のお座敷もぜひ千代菊をって、正式にいってきてるわよ」

ジャクソンまで、いってきてる？　ぼくがひっぱたいたのに？

怒ってないのかな？

「昨日だけで、千代菊をお座敷へって問い合わせが、いくつきたと思う？　あれは、急病の珠《たま》菊《ぎく》ちゃんの代理で一晩だけだしましたけど、まだ見習いだから、お座敷へは、もう少し修行したら、ださせてもらいます、って、ぜんぶ断っといたわ」

「問い合わせは、いくつきたの？」

「電話は七件あったわね。直接、うちまでみえたおかあさんもいたし」

「みんな、断ってくれたよね」

「もちろん。でも、みなさん、千代菊が店だしするのを待ってるっていうのよ」

「どうせ、社交辞令だよ」

「一越さんは、千代菊の店だしのときには、黒の紋付《もんつ》きをお祝いにくださるっていってきたわよ。音羽丸《おとわまる》さんからは、南座《みなみ》の歌舞伎《かぶき》のチケットが二枚届いてるわ。すごいのね、あんた。女だったら、祇園一の舞妓ちゃんになってたわね」

「そういう、無理なことはいわない」

なんだか心配だな。おかあちゃんは、「千代菊」が評判になると困るってことがわかってるくせに、楽しんでるみたいなところもあるんだよ。

「いい？　おかあちゃん。とにかく、千代菊って見習いさんのことは、みんなに聞かれても、ノーコメントで通してよね」

「それくらい、わかってるわよ。問題は、楡崎慎一郎《しんいちろう》。彼をどうするかってことよ」

「どうするって」

「千代菊にご執心《しゅうしん》みたいじゃないの。見習いさんだから、まだまだお座敷へはあげられませんって、断ってはみたわよ。でもね、お座敷で特別な芸を期待してるわけじゃないから、なんにもできなくていいからって。お花代《はなだい》も、珠菊ちゃんの三倍はずむっていってくださってるけど」

「ダメだよ、おかあちゃん。お花代に眼《め》がくらんじゃ」

「あーあ、私が若かったら、あんたの代わりに、楡崎さんのお座敷へでてくんだけどなー」

思わず、ぷーっと吹きだしていた。

「なによ。いいじゃないの。口でいうくらい」

「楡崎慎一郎がなんかいってきても、断ってよね」

「断ったわよ。でもねー、心配なのは、もし千代菊が実家へ帰ったといったら、楡崎の若さま、身元調査なんか独自にやってさ、千代菊なんて舞妓はいなかった、なーんて証拠を突きつけてくるんじゃないの？」

「そんなめんどくさいこと、やらないよ。それに、楡崎が、別な舞妓ちゃんを気に入るかもしれないし」

「いーや。楡崎はんは、そう簡単に諦《あきら》めぇへんやろ」

「だったら、楡崎がそんな調査をしないようにすればいいよ」

「どうやって？」

「隠すから調べるんだよ。隠さなかったら、楡崎も、調べようとは思わないだろうし」

どうしたらいいだろう。なにか、いい考えはないだろうか。

「千代菊は、美しく消えるんやで。楡崎はんの心の中に、きれいな思い出を残してな」

「楡崎が納得すればいいんだろ？　おかあちゃんが説明しても納得しないかもしれないけど、千代菊の口からいわせたら？　そうしたら、あいつも、しょうがない待ってみるかって、思うかもしれない」

「千代菊の口からいってもらうのが一番ええやろけど、千代菊が楡崎はんに会うことは、もうないんやで」

「それじゃ、千代菊が楡崎に手紙を書けばいいよ」

「あたしには、手紙を書くような文才《ぶんさい》はないえ」

「ぼくが書くよ。千代菊になったつもりで」

「ほな、すぐ、やりまひょ」

おかあちゃんが、筆と和紙をもってきた。

毛筆《もうひつ》なんて、そんなもの、ぼくには使えない。

ワープロで書くつもりだから。一見和紙に見えるピンクのワープロ用紙をもらって、離れの部屋へもどった。

ラップトップのワープロを、机の上に広げる。宏章がノートパソコンを買ったとき、使わなくなったワープロを、くれたのだ。

楡崎慎一郎さま。

祇園まつりの山鉾巡行もおわり、暑さも本格的になってまいりました。いかがお過ごしでしょうか。

先日のお座敷、引き続いての嵯峨野《さがの》の山荘、楽しく過ごさせていただきました。まだ見習いの身で、初めてお座敷にださせていただきました。

千代菊は、これから店だしして一人前の祇園の舞妓として独《ひと》りだちさせてもらおうと思っておりましたが、実家の母が病気になり、急にもどらなくてはならなくなりました。修業半《なか》ばで祇園からでることは、とても残念です。

実家の都合がついて、また祇園にもどってくることができるなら、吉乃《よしの》家で見習いさんとしての修行を一からやり直すつもりです。

慎一郎さま、大人の男のかたと、あれほど接近したのは初めてでしたので、千代菊は胸がドキドキでした。

慎一郎さまへの挑戦、果たされないまま、お預けになってしまいましたが、千代菊は忘れてはおりません。祇園にもどってまいりましたとき、続きを始めとうございます。

小倉《おぐら》山荘で千代菊を抱いていてくださったとき、千代菊の香りがお好きとおっしゃいました。あれは帯のあいだにはさんでいた匂《にお》い袋の香りかと思います。

あのとき千代菊が身につけていた匂い袋を、ここに同封しました。

赤い金襴《きんらん》の袋は菊の花の模様です。慎一郎さまのような男のかたには似合わないかもしれませんが、千代菊を覚えておいていただけたらと、同封しました。

ぎをん　花見小路　　千代菊

最後の一行だけ、手書きにした。

これでいいだろう。キスについては触れないことにする。文章にするには、生々《なまなま》しすぎるからね。

書き上げた手紙を、おかあちゃんに見せた。検閲《けんえつ》してもらうために。

「舞妓ことばじゃないけど、いいよね」

「あんたも役者やなー。こんな手紙もらってみいな。楡崎さん、血相《けっそう》変えて、吉乃家へ車を乗りつけはるえ」

「いいじゃん。舞妓の仕事は夢を売ることだろ？　いったのはおかあちゃんだよ。千代菊は一時、祇園を去るけど、またお目にかかりまひょって、再会の可能性を残しておく」

「ここに書いてある挑戦って、なんのことえ？」

「へへへ。それは、千代菊と楡崎の若旦那《だんな》とのヒ・ミ・ツだよー」

「なんや、臭《くさ》い匂いがするなー。楡崎はん、あんたにつかまって、ふり回されてるんとちゃうか？」

「ふり回されてるのは、ぼくだよ。これはゲームだよ。ゲームッ。どっちが、どれだけ相手をふり回すかってね」

「あんた」

おかあちゃんが真顔《まがお》になっていった。

「舞妓ちゃんになってたら、祇園一の売れっ子になっとったわ」

「あたりまえじゃん。吉乃家で生まれて育ったんだよ。遠方からきて、京都弁を習ってなった舞妓ちゃんとは、ちがうからね。生粋《きっすい》の祇園の舞妓だよ」

そうだそうだと、おかあちゃんがうなずいている。ぼくの場合は、骨の髄《ずい》まで花街《かがい》の匂いがしみこんでいるからね。

「それじゃ、この手紙、ポストへだしに行ってくる」

おかあちゃんから、楡崎の名刺を借りて、離れにもどった。

離れの電話の留守電に、メッセージが入っていた。再生してみる。

「ミキー。俺だよー。千代菊ちゃん、今度の学園祭へ招待したいんだけどさー、どうしたらいい？」

だってさ。なに勝手なこといってるんだよ。

「千代菊」を学園祭に連れてくって？

冗談《じょうだん》じゃない。ぼくはどうしたらいいんだよ。

「千代菊」が学園にいるときは、ぼくは学校休むしかないのか？

顕太に電話を入れる。

だれもでない。留守電になっていた。

メッセージを入れておく。

「顕太？　オレ。留守電、聞いたよ。千代菊さ、舞妓をやめたんだよ。家庭の事情で、急に実家へもどらなくちゃならなくなってさ。顕太によろしくいっておいてくれってさ」

これでよし。

あいつのことだから、この留守電聞いたら、チャリで乗りつけて来るんだろうけどさ。

顕太が作った千代菊のファンクラブは、会員は大隅兄弟の二名のままで終わってしまった。

「舞妓・千代菊」はファンクラブを残して消えちゃうけど、会長就任《しゅうにん》、ありがとな、顕太。

部屋の机の上で、楡崎あての封筒に封をする。住所は、京都市左京区北白川《さきょうくきたしらかわ》。

名刺を見ながら、ゲルインクのペンで手書きする。

匂い袋が入ってふくらんだ封筒をもって、階段を駆《か》けおりると、裏門から外へでた。

青空が広がっている。これだけ青いってことは、梅雨《つゆ》が明けたんだな。

裏の小路《こうじ》を抜けて、花見《はなみ》小路へでる。

この手紙を投函《とうかん》すれば、ぼくの仕事は終わりだ。

「千代菊」という名前の見習い舞妓が、二日間だけこの通りを歩いたのだ。

でも、あの舞妓ちゃんは、二度とここには現れない。

なんか、ふしぎな気がする。

七月の朝のまぶしい光の中、半だら帯の舞妓が歩いているのが一瞬、見えたような気がした。

眼をこらして見ると、吉乃家の舞妓、千代菊だ。着物の柄《がら》でわかる。

あれは、小さな胸をドキドキさせながら、初めてのお座敷に向かうぼくだよ。

「さよなら、千代菊」

花見小路をいく愛らしい後ろ姿に向かって、ぼくは小さくつぶやいた。


——おわり——

あとがき

こんにちは。奈波《ななみ》はるかです。

男の子が舞妓《まいこ》ちゃんになる話、楽しんでいただけましたでしょうか。

私の手元に、静岡《しずおか》の中学生の男の子が二人、京都《きょうと》へ修学旅行に行って、変身舞妓に扮《ふん》したときのカラー写真があります。新聞を切り抜いたものですが、顔を白く塗《ぬ》って、振《ふ》り袖《そで》とかんざしで飾っていると、男の子には見えません。女の子で通ります。ミキちゃんが舞妓の格好《かっこう》しても、やっぱり外から見たら女の子にしか見えないんだろうなーと思います。

私は学生時代、十数年、京都に住んでいました。よーし、京都らしい話を書いてやろう、と思って、千代菊《ちよぎく》ちゃんの話を書き始めました。最初にできたのは『恋のタッチダウン』という、千代菊ちゃんとアメフトの天才QB京大生との恋愛を描《えが》いた短編で、時間系列では、今回の物語より後の話になります。

舞妓さんを書くことにしてから、舞妓さんの追っかけになって、舞妓さんが出没《しゅつぼつ》するところにはカメラを持って駆けつけました。舞妓さんに必ず出会える日にち、時間などがあって、

そのときは祇園界隈《ぎおんかいわい》はカメラをかついだアマチュア・カメラマンであふれ返ります。（おじさまカメラマンが多い）

京都には祇園甲部《こうぶ》、祇園東《ひがし》、先斗町《ぽんとちょう》、宮川町《みやがわちょう》、上七軒《かみしちけん》という五つの花街《かがい》があります。

この本のタイトルになっている花見小路《はなみこうじ》というのは、祇園を南北に通っている通りで、お茶屋さんや置屋《おきや》さんが、両側に並んでいます。歩いていると、三味線《しゃみせん》の音が聞こえてきたりして、ここは祇園なんだなーという気持ちになります。ミキちゃんの家は、この花見小路にあります。

舞妓さんや芸妓《げいこ》さんを置いているのが置屋さん（屋形《やかた》）で、舞妓さんや芸妓さんは、置屋さんからお茶屋さんへ派遣《はけん》されます。お茶屋さんは、お客様が芸・舞妓さんと遊ぶところです。料亭とは違って、お茶屋さんは料理は作りません。料理は、仕出し屋さんから運んでもらいます。置屋さんとお茶屋さんを兼《か》ねている家もあります。（ミキちゃんの家、吉乃《よしの》家は、置屋さんでもあり、お茶屋さんでもあります）

お茶屋さんで舞妓さんと遊ぶには、祇園に顔のきくだれかの紹介が必要です。楡崎慎一郎《にれざきしんいちろう》氏に連れていってもらうとかね。

祇園のお茶屋さんに、何度か入ったことがあります。お座敷遊びをしたわけじゃないんですが、ちょっとだけ、中をのぞくことができました。

数年前、某旅行会社が「祇園のお茶屋で、舞妓さんの着付けを見るツアー」というのを企画しました。参加費千円。安いじゃん、これなら私も行けるわー、というので、参加しました。花見小路のお茶屋（置屋でもある）さんの二階のお座敷で、舞妓さんが化粧《けしょう》をして着付けするところを見せてもらうのです。

そのときの客は八人ほど。お茶もお菓子も出ません。見学させていただくだけです。でも、お茶家さんの二階の和室ですから、お茶屋さんの中に入ることができるわけです。わくわくしながら出かけました。

まず、お茶屋さんの中は、すごい。入っただけで、別世界です。使ってある床材とか壁とか天井とか廊下とかが、「すげー金がかかってるー」と、見ただけでわかる。そこを歩くと、当然いい気分です。お茶家さんへ遊びに来た人は、これだけでいい気分になって、日常から解き放たれて、非日常の醍醐味《だいごみ》を味わうことになるのでしょうね。私たちが普通に生活している日常の家とか部屋とは、まるで違うのです。

舞妓さんは化粧を自分でやります。かんざしも自分でさします。

着物と帯は、男衆《おとこし》という人がやってきて着付けをやってくれます。

振り袖を着て、だらりの帯を締《し》めるのに、かかった時間は五分程度。すんごい手早いの。あれあれあれ——という間に、できあがり。

舞妓さんを間近《まぢか》で見ると、ドキドキします。きれいなんだ——。衣装も、髪も、かんざしも、息を呑《の》むようにきれいです。花かんざしは月ごとに替わりますし、着物も季節によって替わります。

ほんとに生きてる日本人形ですね。人形と違うのは、京舞《きょうまい》などの芸事を厳《きび》しく仕込まれていますから、その自信というか誇《ほこ》りが、立ち姿にも現れていて、たおやかだけど、りりしいのですよ。

女の私が見て、わくわくするくらいですから、男性が見たら、もう頭クラクラでしょう。(鈍感《どんかん》な男性は、どうってことないかもしれませんが)

お茶屋さんは、異界です。舞妓さんは、異界の住人です。

追っかけやってる間に、知り合いになった舞妓さんが何人かいます。舞妓さんに、千代菊ちゃんの本をさしあげたこともあります。(私のホームページに舞妓さんとのツーショットをのせています)

知り合いになった舞妓さんを訪ねて、置屋さんへ行ったときのことです。私が訪ねた舞妓さんは留守で、代わりに仕込みさんが、玄関で対応してくれました。

仕込みさん(見習いさん、おちょぼさんとも呼ぶ)は、舞妓になるための修行をしている十代の少女です。これから舞妓デビューするために、粗相《そそう》のないように頑張《がんば》っている仕込みさんは、舞妓さんより毎日を緊張して生活しているのだと思います。

私がお会いしたのは、髪を一つに結《ゆ》わえた、化粧っけのない高校を卒業したくらいのお嬢さんでした。普通のセーターを着て、和装ではありませんでしたが、玄関先で来客に接するときどうするか、厳しく教えられているのでしょう。

まだ舞妓デビュー前の仕込みさんに、私はクラクラでしたよー。

なにがクラクラだったかというと、まず、「物腰」。柔《やわ》らかで、「おいでやす」と頭を下げる下げ方が、普通の人とは違うんです。

それから「ことば」。舞妓さんがつかっているのは、京都弁の中でも花街独特のことばで、発声の仕方からして違います。やさしい声色《こわいろ》で、ほわほわーっと「おおきに」なんて言われると、キュインってなっちゃうのですよー。

仕込みさんでこの色香《いろか》。舞妓になったら、もっとすごいんだろうと思ってしまいました。

舞妓さんは（仕込みさんも含めて）接客業のプロです。遊びに来た客を、この上なく心地よい気持ちになるようにするには、どうしたらいいのか、というノウハウを、置屋のおかあさんから徹底的に教えられるのです。素《す》の女の子にはない「人を心地よくさせる」技術を身につけている女の子なんですね。

仕込みさんと交わした言葉は、ほんのわずかでしたが、私はやられてしまいましたねー。

あんなにドキドキしたことは、ありません。あのドキドキは、祇園（その他の花街も）でしか味わえないのではないでしょうか。

ミキちゃんは、男の子が化《ば》けてるぶん、ものすごい緊張して舞妓をやってると思います。普通の舞妓ちゃんや仕込みさんの数倍は、努力して緊張しているでしょう。だから、外から見ても、ほかの舞妓ちゃんとは自《おの》ずから違いが出ると思います。そのへんに、舞妓嫌いの楡崎慎一郎もクラーッとなってしまったのではないでしょうか。

　私が男で、楡崎くらい金持ちだったら、祇園に通いますねー。

　ミキちゃんを贔屓《ひいき》にして、どっぷりのめり込んじゃいますねー。はまったら毎日通いそうで怖いですが。

　芸妓さんは舞妓を卒業したおねえさんたちですが、舞妓さんと違うのは、地毛《じげ》で髷《まげ》を結いません。カツラをつけます。だらりの帯も締めません。舞妓さんたちより歳《とし》をとってる分、貫禄《かんろく》があります。舞妓さんにはない、怖いくらいの色香があります。

　舞妓さんの追っかけをやっていると、残念なことが一つあります。それは、舞妓さんの名前を覚え、贔屓の舞妓さんができても、数年後にはいなくなってしまうことです。

　舞妓さんは主に十代の少女なので、二十歳《はたち》を過ぎると、舞妓さんをやめるか、芸妓さんになってしまいます。それが残念です。花がいつまでも咲いていないのと同じことでしょうか。

　愛らしい舞妓の姿をしていられるのも、数年という短い期間だけ。だからこそ、舞妓さんは咲く花のごとく、見る人の心を和《なご》ませ、魅了《みりょう》するのかもしれませんね。

　ところで、京都でどうしたら本物の舞妓さんに逢《あ》えるのか！　と思っていらっしゃるかた。

祇園で舞妓さんの舞を見られる「祇園コーナー」というのが、祇園花見小路のヤサカ会館にあります。毎日、夜の八時ごろから、舞妓さんの京舞、茶道のお点前《てまえ》、雅楽《ががく》、文楽《ぶんらく》など、日本文化にコンパクトに触れることができるようになっています。二千八百円くらい。

各花街が歌舞練場でやる舞と芝居《しばい》を観《み》るのもいいですね。四月なら「都《みやこ》をどり」、五月なら「鴨川《かもがわ》おどり」というように。舞妓さんが点《た》ててくれるお茶を飲むこともできます。観劇チケットは二千円〜四千三百円。これは、和風宝塚《たからづか》ですね。

舞妓さんと遊べる料亭があります。喫茶店・料亭形式になっていて、食事つきで三万円ほど。特にだれかの紹介がなくてもＯＫ。

タダで舞妓さんの京舞を見る方法もあります。期間限定で冬だけですが、西陣織《にしじんおり》会館へ行くと、舞妓さんの京舞を見ることができます。まったくのタダです。舞妓さんといっしょに写真撮影も可能ですよー。期間については、西陣織会館に電話で問い合わせてね。

舞妓さんを見るだけじゃなくて、自分でも舞妓ちゃんになってみたいという方。観光客に舞妓の格好をさせる店があります。本物の舞妓ちゃんと区別して、変身舞妓と呼んだりします。一種のコスプレですね。多数の業者が変身舞妓を受け付けています。

費用は八千円から三万円くらい。衣装も、安っぽいものから本物っぽいもの、髪も全カツラのところ、半カツラのところ、地毛で結ってくれるところなど、いろいろです。舞妓に扮したとき、店の外に出られないところ、タクシーに乗って、自由に名所見物に出かけることができるところなど、業者によって様々なので、インターネットで調べることをおすすめします。

奈波は、コバルト文庫から『恋せよ、少年！』『好きだぜ、議長！』の清涼学園《せいりょうがくえん》男子寮シリーズを出しています。千代菊ちゃんにも負けないくらい楽しい作品です。読んで（時間と金の）損《そん》はしない作品だと思っています。まだお読みでないかたは、ぜひぜひ、読んでくださいね！

ミキヤくんの千代菊ちゃん物語で、またお目にかかれることを切《せつ》に願って。

サッカー・ワールド・カップ、日本がロシアに勝利した瞬間に。

二〇〇二年　六月　九日

奈波　はるか

この作品のご感想をお寄せください。

奈波はるか先生へのお手紙のあて先

〒101―8050　東京都千代田区一ツ橋2―5―10
集英社コバルト編集部　気付
奈波はるか先生

ななみ・はるか

静岡県在住。某国立大の授業料免除学生として京都に10余年住む。院生時代、この道(どの道？)にはまる。代表作：『天使とボディーガード』(光風社クリスタル文庫) 趣味：クラシック・バレエを踊ること。好きなもの：魚沼産の米。緑茶。紅茶。トウ・シューズ。ショパンのエチュード。愛読書：『Banner in the Sky』
HP：http://www.susono.com/~milkyway/
mail to：milkyway@susono.com

少年舞妓・千代菊がゆく！
花見小路におこしやす♥

COBALT-SERIES

2002年8月10日　第1刷発行
2002年9月10日　第2刷発行

★定価はカバーに表示してあります

著者　奈波はるか
発行者　谷山尚義
発行所　株式会社 集英社
〒101−8050
東京都千代田区一ツ橋2−5−10
電話　東京 (3230) 6268 (編集)
(3230) 6393 (販売)
(3230) 6080 (制作)

印刷所　凸版印刷株式会社
加藤製本株式会社

ISBN4-08-600151-9 C0193